Pierre Autin-Grenier

UNE HISTOIRE

I

Je ne suis pas un héros

Gallimard

Je ne suis pas un héros est le premier volume de la trilogie intitulée *Une histoire* et constituée de : *Je ne suis pas un héros, Toute une vie bien ratée* et *L'éternité est inutile.*

Pierre Autin-Grenier est né à Lyon à la Saint-Isidore 1951, il bruinait légèrement sur les quais de Saône. Auteur de poèmes en prose, nouvelles, récits et textes courts d'autofiction, il partage son temps entre sa ville natale et le Vaucluse où il habite.

*Cette autobiographie
à l'encre sympathique
est pour mon ami
Shahda.*

Je suis un garçon normal et raisonnable,
monsieur. Je ne me suis jamais fait remarquer.
M'auriez-vous remarqué si je ne m'étais pas assis
à côté de vous?

BERNARD-MARIE KOLTÈS
Roberto Zucco

Je vis assis, tel qu'un Ange aux mains d'un
Barbier.

ARTHUR RIMBAUD
Poésies

Cruauté

Des anges, nous n'en avions jamais vus pour de bon jusqu'à ce matin de mistral où Madeleine en a trouvé un, empêtré dans les barreaux de la grille d'entrée comme pris dans les mailles d'un filet. Maintes fois j'avais prévenu que cette clôture était un véritable piège pour tout ce qui vole. Si l'on m'avait laissé l'initiative, il y a belle lurette que j'aurais supprimé cette enceinte et lâché la maison au milieu des champs, libre! Mais Madeleine a toujours prétexté que notre bull-terrier opérerait alors de véritables rafles dans les poulaillers et clapiers des fermes alentour et la clôture ainsi est restée. Est-ce cependant suffisante raison si ce chien a des instincts de panthère noire pour nous claquemurer tels des sauvages derrière nos remparts?

Toujours est-il que nous nous retrouvions avec, sur les bras, cet ange à l'air halluciné et battant la breloque, très abîmé quand même par sa déconcertante aventure. Ses plus mauvaises plaies lavées à l'eau claire puis désinfectées, nous l'avons frictionné d'huile adoucissante; il nous fallut aussi confectionner une attelle pour maintenir l'une de ses ailes assez sérieusement endommagée. C'est Madeleine qui eut l'idée de l'installer ensuite un peu à l'écart sous les combles où, à l'abri de tout danger, il pourrait petit à petit reprendre du poil de la bête. Ce qu'il fit, ma foi, assez vite. Il n'y a pas deux jours, nous le vîmes tenter une sortie et venir s'ébrouer un instant dans la cour, sous le doux soleil de décembre. Bien qu'encore un peu diaphane d'apparence, notre ange, c'est évident, recouvrait vie.

Aussi quelle diabolique inspiration nous poussa, ce matin, à partir passer la journée en ville, laisser la lucarne des combles ouverte et notre ange livré à lui-même avec seulement une cuvette d'eau fraîche et quelque nourriture? C'était se montrer certes bien léger que céder au caprice de Madeleine pour cette sortie en ville et ne prévoir une seconde rien du drame qui devait s'ensuivre. Mais a-t-on toujours prescience des catastrophes qui nous habitent?

Ainsi, rentrés de notre escapade à la tombée du soir et constatant la disparition de notre protégé, une minute nous suffit pour imaginer le pire... Nous découvrîmes effectivement notre ange tout au fond du jardin, entre les griffes de Bull qui, lui ayant déjà dévoré la moitié du crâne, s'en amusait maintenant comme d'une vulgaire volaille, prenant un malin plaisir à faire craquer sous ses crocs sanguinolents la fragile carcasse; ce chien s'acharnait comme un démon sur le cadavre du malheureux ange! Devant l'affreux spectacle force nous fut d'admettre qu'à l'image de l'homme, les bêtes de même se montrent souvent d'une cruauté inouïe entre elles.

Passage du temps

Pourquoi poussai-je la porte de ce magasin dans lequel je n'avais manifestement rien à faire, nul achat urgent, nulle envie d'un moment reluquer les marchandises, pas le moindre crime à commettre ? Distraction ou désœuvrement, lassitude peut-être... Je me trouvai aussitôt transporté au cœur d'un véritable jardin zoologique où se démenaient à chavirer de l'aile d'ébouriffées bonnes femmes de différentes espèces, et les violents relents de barbotière qui résultaient de ce monstrueux remue-ménage me firent un instant chanceler. Je redoutai même être la soudaine victime de quelque accouplement machinal avec l'une ou l'autre de ces acharnées volailles tant l'entremêlement paraissait inextricable. C'est alors que j'invoquai Dieu.

Tout se passa ensuite comme en un rêve. J'avisai sur le haut d'un rayonnage un objet sans intérêt particulier, placé là en évidence pour attiser sans doute la convoitise de qui n'apprécie ni l'hétéroclite ni l'utile, pas même l'agréable à regarder mais seulement le rien-du-tout à petit prix. Je m'emparai de la chose que je glissai sans plus dans la poche de mon pardessus car c'était l'hiver et, ne faisant pas d'efforts autrement sérieux pour dissimuler mon larcin, j'entrepris de regagner si possible la sortie. Je l'ai dit, la cohue était sans nom et c'est tenant bien serré contre ma cuisse mon trésor que je tentai de m'échapper, centimètre par centimètre, vers la liberté.

Hélas ! à l'instant même où j'allais toucher au but un cerbère en jupon, dont l'attifement suscita en moi autant d'horreur que de fascination, me crocheta d'une griffe ferme l'épaule.

— « Excusez-moi, bredouillai-je d'un air à la fois navré et tout à coup lointain, il y a si longtemps que je n'avais rien volé. »

Des secrets bien gardés

La huppe à plumes rousses, communément appelée « coq des champs », passe pour deviner les secrets des hommes et retrouver les trésors enfouis ; c'est du moins ce qu'affirment certains ornithologues fervents et cela m'avait jusqu'ici intrigué de considérable façon. Or justement ce matin, l'un de ces volatiles à bec farfouilleur s'en vint sonder un morceau précis de pré sous ma porte-fenêtre. Ne s'écartant d'un bout d'aile du périmètre réduit qu'il semblait s'être assigné à lui-même pour sa prospection, l'orpailleur animal (ou l'incorrigible curieux, selon qu'on voudra) entreprit de retourner avec minutie extrême le moindre brin d'herbe à sa portée et forer ensuite au plus profond chaque centimètre carré ainsi découvert. De mon observatoire, je lorgnais l'instant où l'acharné chercheur allait enfin extorquer à ce lopin de terre quelque terrible secret d'homme, voire révéler l'emplacement de richesses jusque-là insoup-çonnées.

Moi mes secrets je me garde de les abandon-ner dans l'herbe, les laisser prendre racine en plein vent, pour que le premier venu sans peine me les arrache et s'en repaisse avec l'écœurante gloutonnerie du malfrat qui, vous ayant mis à nu, ne songe plus qu'à vous tenir à sa merci, exploitant votre honte ou votre légitime pudeur pour chaque jour vous avilir un peu plus. Non, les moins infâmes je les tiens bien au froid sous mon cœur de pierre ; les plus obscènes dorment dans les soutes à charbon de mon âme, en compagnie d'abjections anciennes et de délires plus récents mais guère mieux avouables. Ainsi je m'offre bonne conscience à petit prix et pour le reste, le carnaval du quotidien, je montre dans la rue le masque de qui mérite cent fois de marcher tête haute. Le fouineur passereau pouvait dès lors perforer de part en part la terre entière qu'il ne percerait à jour rien de ce que je suis en vrai. Cependant, entêté, il s'obstinait dans sa vaine besogne et, le temps passant, je n'en devenais que plus impatient de connaître à quoi pourrait bien le conduire sa quête.

Que cette huppe, là sous mon œil vigilant, soudain découvre un trésor, vous l'avouerai-je ?

c'eût été pour moi déconvenue totale. Il y a belle lurette en effet que l'or ne fait plus trembler ma main, et son pouvoir m'indiffère jusqu'à ne m'inquiéter le soir si j'aurai de quoi subsister le lendemain. Je n'avais pas vingt ans qu'en une poignée de nuits je dilapidai rentes et capital dans les endroits les mieux inspirés des faubourgs, de concert avec tous les crapuleux des beaux quartiers et nulle occasion depuis ne me fut donnée d'avoir à le regretter. Ainsi ai-je fait mon deuil d'être à nouveau riche un jour, comme l'idiot à bouche muette de recouvrer jamais parole ni raison ; aussi solide précepte, dans ce monde cupide et corrompu, me garantit douce insouciance et sérénité pour l'éternité. Fi donc ! que ma huppe invente un trésor dans mon pré ; j'étais en droit d'attendre du bizarre, de l'étrange, d'une aussi longue et méticuleuse et approfondie prospection !

Voilà qu'enfin toute cette industrie depuis des heures déployée amène ma bestiole à d'heureuses prémices de succès : elle fixe soudain un point précis par elle déjà désherbé, fait porter sur ce minuscule endroit tous ses efforts, y concentre l'essentiel de son énergie en vue, semble-t-il, d'en extraire bientôt le mystère ; l'animal frétille d'une ardeur renouvelée, sa ténacité jusque-là désespérée va maintenant trouver, c'est sûr, juste récompense. Excité par l'attente, le cœur sonnant furieusement le tocsin, j'écarquille l'œil au-delà du possible, fou à l'idée que quoi que ce soit du manège endiablé de la bête puisse un instant m'échapper.

Quelque chose, ça y est, lui vient au bout du bec!... C'est une sorte de costaud lombric qu'elle tente, dirait-on, d'extirper de son antre. D'où je suis, il ne me semble pouvoir envisager rien de mieux. Cette espèce de ver paraît pour moitié hors de terre et, fort marri, je m'apprête à quitter le guet quand tout à coup ma huppe, violemment, pique du nez, d'urgence déploie ses ailes, panique, gigote, en vain se roidit, déjà se retrouve jabot ras la poussière! Une seconde elle semble se ressaisir, vouloir lutter contre cette apparence de ver; elle se débat avec la voracité du rapace qui tiendrait tête à l'œil du cyclone, mais on voit bien qu'elle peine à reprendre le dessus! Enragée elle tire, de sous terre ça tire. Elle s'acharne, ça s'acharne. Elle résiste, ça résiste. Oh! elle voudrait bien lâcher maintenant, mais on ne la lâche! Ses pattes se brisent, des plumes volent; bec, tête, crête déjà sont enterrés: d'aigle la voilà autruche aspirée par le néant! Médusé, je n'ai le temps de réagir à ce fabuleux spectacle que je n'aperçois de l'oiseau plus rien du tout.

C'était pourtant vraiment un bel oiseau, il faut le reconnaître, et qui emporte avec lui sans doute bien des secrets.

Frisquette et Craquelain

Finalement je lui racontais toujours la même histoire à l'impertinente petite fille qui se tré-moussait sans cesse à mes côtés, alors que j'arpentais les prairies d'avril, comme si elle avait un lézard vert dans sa culotte. C'était la benjamine des plus proches voisins, paysans roublards et lourdauds, à qui elle ne ressemblait en rien d'ailleurs, étant de nature plutôt fragile et pétillante d'esprit. Mais que je m'en aille cueillir quelques bottes de narcisses sauvages, remplir un panier de mousserons, repérer le gîte d'un lièvre ou même tendre mes collets à lapins : la voilà aussitôt pendue à mes basques ! À croire que toute la sainte journée elle épiait mes allées et venues, observait mes moindres faits et gestes pour qu'à peine la porte tirée derrière moi je la trouve là, à tournicoter sur mes talons, exigeant encore une fois l'histoire et bien décidée à sauter avec moi ruisseaux et barrières jusqu'au diable vauvert.

Je l'appelais Fraise, à cause de la fraîcheur de sa peau de gamine, aussi de son teint de plein air ; Marie, c'était son vrai prénom, tout bêtement. Mais, entre nous, je l'appelais Fraise ; elle trouvait cela drôle et souriait de ce secret partagé. Au printemps, comme je l'ai déjà dit, souvent j'allais aux jonquilles. Je connaissais des prés, en contrebas du village, qui d'un jour l'autre, du vert Véronèse subitement viraient au jaune vif le plus prodigieux qui soit et dont les effluves, remontant jusqu'aux habitations en lisière du bourg, plongeaient les rustauds dans de franches et naïves excitations. Fraise toujours m'accompagnait. L'été, c'était dévaler les pentes à la poursuite de quelque volaille aux frayeurs d'idiote ; riant aux éclats et hurlant tels des sauvageons vêtus de rien sous le soleil. Et si me venait parfois l'envie matinale d'aller pêcher la truite à la rivière ou, au contraire, en fin d'une chaude après-midi si je partais, comme ça, pour une baignade dans les eaux glacées du torrent : Fraise encore était là. Automne, hiver, champignons ou boules de neige : Fraise.

Mais quelle que soit la saison, je n'y coupais pas, au beau milieu de la balade ça la reprenait, elle réclamait à nouveau d'une mine enjôleuse

« Raconte encore l'histoire de Frisquette et Craquelain, dis, raconte, j'ai envie. » Alors nous nous arrêtions au gré du vent, l'été surtout nous nous allongions sur l'herbe d'un talus et je lui faisais une fois de plus Frisquette et Craquelain, tout en me demandant si c'était bien là une histoire tout à fait convenable pour une si petite fille.

Une amie

C'est une amie que j'étais venu visiter en ce lieu un peu retiré de la ville. Le gardien m'avait indiqué : allée 146 A, emplacement 58, près le monument. Peut-être m'étais-je bien traîné deux heures déjà d'un passage l'autre et sans succès aucun lorsque, abandonnant ma quête et décidé à m'en retourner, mon ridicule bouquet de lilas sous le bras, une date gravée seule sur une plaque attira mon attention.

4 avril 1951. Ma propre date de naissance ! Coïncidence sans doute si à trois enjambées de là une deuxième inscription, en tout semblable à la première, n'était venue troubler ma bonne conscience. Et puis, à deux pas, une autre ; guère plus loin, une autre à nouveau ! Et toujours cette absence de nom ; aussi, plus curieux encore, nulle mention d'une seconde date qui, en somme, bou- clerait la boucle et surtout eût pu varier d'une

plaque l'autre. Non, uniquement cet intrigant 4 avril 1951.

Un demi-jour brumeux aidant je m'enhardis à déplacer la dernière dalle sur laquelle était fixée l'une de ces plaques de marbre. Le cercueil qui m'apparut alors non plus ne portait de nom, mais toujours, seul, cet inquiétant 4 avril 1951. J'en soulevai le couvercle, sans plus de peine que cela, je l'imagine, doit se passer dans certains rêves. Nul débris d'os ; vide, la caisse avait simplement pour fond un merveilleux miroir dans lequel, me penchant au-dessus de la fosse, je pus tout à loisir me contempler en tenue d'enterré vivant.

Le plus surprenant de cette étrange journée ne fut-il pas cependant qu'à peine quitté l'endroit, au mur délabré d'une maison d'angle, l'affiche vieillotte d'un film d'autrefois s'imposa de telle façon à mon regard qu'il me fallut bien y reconnaître à l'évidence le sourire déchiré de mon introuvable amie.

Des nouvelles du Montana

Je ne sais pas ce qui se passe dans le Montana mais jamais personne ne m'écrit de là-bas. Bien que mettant de côté les timbres-poste originaux, lorsqu'il m'arrive d'en recevoir, je ne suis pas à proprement parler ce qu'il est convenu d'appeler un philatéliste et ce sont bien des nouvelles de quelqu'un qui habiterait le Montana qu'il me plairait de recevoir et non des vignettes griffées de l'aigle U.S. par exemple. Des timbres-poste j'en ai avec de Gaulle et Konrad Adenauer réunis pour le 25e anniversaire du traité sur la coopération franco-allemande ; un autre, de 2 francs, représente Blaise Cendrars par Modigliani ; il y a aussi un tableau d'Yves Klein sur lequel on voit cinq espèces de bonshommes bleus et boudinés danser sans doute et cela s'appelle « Anthropométrie de l'époque bleue » ; un ami, libraire à Montauban, m'a expédié un jour une carte de

Cappadoce avec trois timbres marqués « Türkiye Cumhuriyeti » et décorés chacun d'un papillon différent. Des timbres, j'en ai vraiment en pagaye, des pleins tiroirs, mais des nouvelles d'un quidam qui habiterait le Montana, je n'en ai point du tout, jamais.

Je ne demande pourtant pas à recevoir des lettres de plusieurs pages en provenance directe d'Helena, la capitale ; non, mes espérances sont plus modestes et un simple mot, même d'un type perdu dans les Rocheuses, ferait parfaitement l'affaire. Sur les 808 100 habitants de cet État qui compte quelque 381 000 km² il devrait bien se trouver au moins un individu pour s'inquiéter de moi et me donner des nouvelles du Montana. À croire que ce sont tous de drôles de zèbres là-bas et qu'ils n'écrivent jamais, ou alors qu'il ne s'y passe strictement rien de rien, qu'on y respire encore plus en catimini qu'à Carpentras, ce qui serait tout de même très surprenant. On m'a dit par ailleurs que l'Amérique, massacreuse d'Apaches, était restée le pays du crime, du viol, des strangulations de toutes sortes, de la chasse aux nègres et du racket ; je ne vois pas par quelle fantaisie le Montana, et lui seul, aurait échappé à la règle ! Et je ne vois pas non plus ce qui empêche les amis que je pourrais avoir là-bas de me tenir de temps en temps au courant de tout cela, ou d'activités moins burlesques comme la traque à l'élan ou la pêche à la truite dans les torrents de Mill Creek. Qu'ai-je donc fait à Dieu pour mériter une telle mise en quarantaine de la part de tous mes amis du Montana ?

Et puis je me dis que peut-être personne n'a seulement mon adresse dans le Montana, même une adresse très approximative. Après tout, ce n'est pas là une hypothèse complètement absurde. On pourrait aussi imaginer que pas un des 808 100 habitants n'a entendu parler de moi, ne serait-ce qu'une seule fois dans sa vie, et que là-bas le fait même que j'existe reste encore ignoré de tout le monde. Pourquoi pas ! Peut-être que si je me rendais en personne dans le Montana, à Great Falls ou à Billings par exemple, je m'y sentirais aussi seul qu'ici, aujourd'hui, écrivant ces lignes, alors que ma femme vient de m'avouer qu'il était de plus en plus difficile de vivre avec moi, et qu'elle allait finalement se mettre en quête d'un bonhomme moins infernal. Alors que ce matin il n'y avait pas la moindre lettre dans la boîte pour me relier au monde extérieur et adoucir ma solitude, juste l'imbécile prospectus d'une agence de voyages m'invitant en couleurs à visiter la Louisiane. Capitale : Baton Rouge, 125 674 km², 4 204 400 habitants !...

Transmutation

J'avais décidé de rosir mon blanc d'une demi-larme de crème de cassis. Bien qu'assez strict sur le principe qu'un chablis Montée-de-Tonnerre se déguste nature, je ne suis pas borné au point de rester obstinément rebelle à toute extravagance. Et puis cette indéfinissable angoisse, que je sentais sourdre en moi ce soir finissant, sans doute m'avait-elle poussé aussi à cet excès de douceur. Ce que je supporte le plus mal en ces débuts d'automne où la vendange bat son plein dans les vignes alentour, ce sont ces nuées de moucherons qui s'entêtent à tourniller au-dessus des boissons, lorsqu'on trinque sous la tonnelle, et forcent l'arrogance jusqu'à parfois venir se tuer dans votre verre. Mais quand on est seul, comme je l'étais ce soir, et inquiet un peu à propos du tout et du rien, alors cet infernal rigodon de moucherons ivres prend des allures de défi.

Étais-je seul d'avoir le jour durant trop marché dans le vide? Rêvé en vain à une vie plus écarlate où de piquantes brunettes, à leur fenêtre penchées, sur mon passage lanceraient dans la ruelle des glaïeuls en flammes; où d'opulentes blondes se prélasseraient, nues, sur les bancs verts du square, offrant à ma gourmandise leur nonchalance et leurs baisers? Étais-je seul parce qu'un chien attaché à mes pas m'avait tranquillement quitté pour s'en aller mourir au profond d'un roncier? Peut-être n'y avait-il nulle cause à cette solitude, seulement l'humeur hétéroclite du moment qui rend tout immense et insensé et fait que soudain, au-dessus de votre verre, les bestioles ailées viennent de passer les bornes du supportable et qu'il faut en finir!

J'achevai d'abord ma bouteille de chablis, jusqu'à l'ultime gorgée, puis, d'un revers de main rageur m'emparai d'un de ces microscopiques gêneurs sur lequel je refermai prestement les doigts en guise de piège. Je savais qu'il était vain d'espérer l'écrabouiller, même serrant le poing jusqu'au sang; sa taille infime lui permettant d'échapper en partie à mon étreinte, il trouverait sans doute refuge dans un repli de ma peau, peut-être même allait-il se goberger au creux de ma ligne de vie en attendant quelque étourderie de ma part ou bien que, la lassitude l'emportant, j'en vienne à desserrer l'étau. C'était compter sans ma farouche détermination à faire payer le prix fort à ce rudimentaire insecte pour l'exaspération dans laquelle lui et ses congénères m'avaient précipité. C'est à l'asphyxie que je le destinais et cela pouvait prendre une éternité : j'avais tout le temps devant moi, irrévocable était ma volonté.

Cela durait lamentablement, c'est un fait, lorsque je ressentis à l'intérieur de mon poing serré comme une espèce de picotement ; sensation tout d'abord très légère, que je m'empressai d'attribuer à une certaine impatience d'en finir au plus vite avec cette vie minuscule. Cependant l'instant d'après, cette impression de fourmillement déjà s'était transformée en une multitude de piqûres d'épingle et j'aurais juré que mon moucheron s'affairait à me becqueter la paume de la main ! Je dus prendre sur moi pour ne point renoncer et concentrai toute mon énergie à tenir captif le récalcitrant. Mais de courage je commençais à manquer devant l'odieux élancement et tant il devenait évident qu'il se tramait, dans les ténèbres de ce poing, quelque chose de troublant. De grosses gouttes de sueur perlèrent sur mon front lorsque la douleur se fit térébrante : un bec d'acier me vrillait littéralement

33

la main, je me trouvais maintenant proche de l'évanouissement.

Les nerfs à vif, souffrance et angoisse m'ayant porté aux larmes, c'est agité soudain d'un gigantesque tremblement convulsif et le regard brouillé que je vis éclore au dos de ma main devenue livide une énorme fleur de sang. Du cœur de cette sinistre corolle l'œil menaçant d'un aigle un instant me foudroya, puis l'impérial oiseau s'étant extirpé de ce stigmate sanguinolent sans plus attendre s'attaqua au ciel.

L'essentiel

Bien sûr nous étions fascinés par la guillotine. La tueuse, du haut de son estrade, nous semblait l'actrice la plus accomplie du moment. Son jeu tranchant et définitif nous envoûtait. C'était : La Suprême ! Dès lors, nulle comparaison n'était possible et malgré notre ardeur juvénile à brûler les planches, nous faisions figure auprès d'elle d'assez piètres imitateurs. Le public ne s'y trompait pas qui se pressait à ses multiples représentations parisiennes, tandis que les plus doués d'entre nous s'en allaient mourir devant des parterres à demi vides, dans l'indifférence polie de matinées tristement provinciales.

Jeunes nous l'étions, c'est entendu ; était-ce cependant l'unique raison de notre inexpérience ? Le Conservatoire nous avait appris les mille et une manières de geindre à tue-tête, d'agoniser en tapageurs, de trépasser avec fracas ;

à mourir vraiment, jamais; à tuer pour de bon, encore moins. Nous quittions l'école de la tragédie caparaçonnés de prix, cuirassés d'accessits et de la mort véritable et du meurtre incomparable nous ne savions rien; on nous avait enseigné des années durant l'insignifiant, nous laissant seuls le soin d'inventer maintenant l'essentiel.

Les visiteurs du soir

C'est quand les monstres arrivent que je suis le plus content. Le plus souvent c'est tard au cadran du carillon, quand le jour a déjà faibli, que s'effiloche la soirée et que bientôt tout va devenir flou. D'autorité ils s'installent à table, se versent de grands verres de vin rouge, ils se mettent à manger très salement, comme les enfants ; en sous-main et sans qu'on puisse seulement les en soupçonner ils lardent le chat de maigres coups de canif, pour l'effrayer et se faire rire entre eux. Alors on voit se retrousser jusqu'aux yeux leurs babines boursouflées qui découvrent des chicots branlants sur des gencives sanguinolentes, et je reste toujours épaté devant semblable spectacle qui trouble et force tout en même temps l'admiration.

J'ignore de quel ventre ils viennent, mais on jurerait que rien de ce qui les a engendrés n'a jamais pu s'élever au-dessus de l'horreur ou du cambouis tant ils se montrent fétides et répugnants dans la moindre de leurs manières et cependant, allez savoir pourquoi : je les trouve par certains côtés fort attachants. Est-ce parce qu'ils osent afficher sans souci d'aucune feinte ce qu'ils sont en vrai et semblent privés de toute capacité d'user d'artifices pour travestir leur vice (à l'envers de bien du monde que je connais et qui avance toujours minaudant et masqué) ? Aussi je songe parfois, face à leur sordide turbulence, qu'une douleur les habite de ne pouvoir s'affirmer différents et qu'ils n'ont d'autre échappatoire dès lors que poursuivre à outrance leur déchaînement dans le malpropre et l'obscène.

Lorsque, bouche baveuse et panse pleine, le plastron huileux de mangeaille et souillé d'abondantes dégoulinades, ils repoussent en brutes le couvert, ne laissant entre nous que deux chandeliers, c'est qu'ils sont décidés à m'accabler sans ménagement du récit tout cru de leurs récents forfaits. Ils jubilent que j'en éprouve des haut-le-cœur et une certaine terreur, c'est sûr ; plus grandit mon malaise, plus ils se renversent sur leur chaise, se frappent les cuisses qu'ils ont épaisses et lourdes et s'enfoncent dans le macabre et le débraillé. Dans la pénombre, par-delà la lueur tremblotante des bougies, brillent alors d'un plaisir sauvage leurs trognes patinées à l'antique. Qu'y puis-je si c'est auprès de moi qu'ils ont, depuis longtemps déjà, trouvé juste de venir déverser leurs confidences malsaines et, de la sorte, un instant s'affranchir de leurs crimes ? Et d'où, moi, tirerais-je maintenant la force de les juger ?...

Quand ils en ont fini de faire ribote, qu'ils ont séché tous les pichets, éliminé jusqu'à la moindre rognure, croqué l'ultime croûton, quand ils se sont bien saoulés à me renverser la cervelle de leurs exploits morbides et de toutes leurs scélératesses et, qu'exténué, j'ai beau me tourner ou retourner de çà, de là, je ne puis retrouver nulle sérénité, alors pour clore le tout voilà qu'ils s'élancent dans une sarabande effrénée à faire damner un saint ! Ça grimpe dans les étages, ça tambourine à toutes les portes, ça défonce les planchers à force d'endiablées cabrioles, ça pousse des hurlements de rage, ça vomit des cyclones d'insultes contre tous les anges du ciel, ça vient éventrer mon matelas ! Ils me transperceront ainsi jusqu'au petit matin ; ce cirque ne cessera qu'aux prémices de l'aube.

Lorsqu'ils se sont enfin retirés et que douloureusement je m'éveille, alors je me prends à les aimer à nouveau et presque souhaiter leur retour. Oui, j'éprouve de la compassion pour ces âmes en peine et souhaite parfois que mon tourment puisse, d'une certaine façon, soulager le leur. Ces monstres sont-ils d'ailleurs plus mauvais que ce que ma fenêtre me fait voir du monde et des gens qui l'habitent?... Mais que faire quand le jour se lève et qu'on rêve de serrer un instant encore, très fort contre soi, les ombres criminelles de la nuit?

J'aurais voulu te dire
comment je suis

Tu vois, je suis comme ces chemises repassées de frais avec la pattemouille, et que tu ranges, en prenant mille précautions, dans la valise de cuir bouilli où sont déjà les pantalons aux plis impeccables et les chandails de grosse laine contre le froid noir des montagnes et tu maintiens le tout à l'aide des deux sangles de toile, pour que rien ne bouge durant le voyage (mais sans trop serrer toutefois sinon la chemise du dessus en souffrirait), et nous fermons la valise à regret en pensant chacun pour soi au lendemain matin quand, très tôt, je prendrai la route seul pour m'en aller là-bas.

Ainsi dans le ciel sombre du lendemain, indifférente à mon infortune, la lune est encore là quand moi déjà je m'en vais. J'ai chargé la valise aux chemises, c'est poignant de partir mais la voiture carbure fort et lorsque enfin percera le soleil j'aurai traversé combien de villages inconnus, de bourgades comptant moins de cent feux où seuls quelques matous effarés auront giclé dans mes phares tels des génies malfaisants; et aussi — toujours plus loin, encore ailleurs — j'aurai surpris combien de mastroquets, la paupière poisseuse, tournant dans le froid la manivelle qui lève le rideau métallique de leur assommoir pour accueillir auprès d'un poêle qui ronfle les assoiffés du petit jour, tandis que des emmitouflés, par des ruelles à lourds pavés, se hâtent en quête de croissants chauds vers des boulangers matinaux? je ne me serai arrêté nulle part et tous ces hameaux de forêts et de bruyères peu à peu m'auront rapproché d'où je vais; le soir je serai en passe de parvenir au but.

Enfin rendu, la valise aux chemises fraîches repassées à la main mais déjà l'âme un peu fripée par l'éloignement de toi, je pousserai la porte de ce gîte assez triste où rien ni personne ne m'attend, qu'un évier d'inox, un frigidaire vide, un lit bas. Et là, posé sur l'unique tabouret de bois, dans la lumière frileuse du jour finissant, j'assisterai en spectateur anonyme à la lente débandade de toute mon existence, au naufrage de mes dérisoires ambitions. Toutes ces choses dont j'avais rêvé jadis, que j'ai si longtemps désirées et pour l'accomplissement desquelles je n'ai jamais rien su faire défileront alors sous mes yeux embrumés par une sorte de chagrin. Dès l'aube je repartirai. Encore une fois je n'aurai pas vu qui j'étais venu voir, je n'aurai pas fait ce pour quoi j'étais venu et je te ramènerai, telles quelles, les chemises qui n'auront servi à rien. Voilà comment je suis.

Rue de la Victoire

C'est une rue où je ne suis jamais allé, la rue de la Victoire. J'aurais pu, comme tant d'habitants du quartier, l'emprunter pour gagner le centre ville; c'est le chemin le plus court. Je fais toujours un détour par la place Général-Giraud où loge mon ami Vincent ce qui (je ne suis le plus souvent pas trop pressé) me permet de le surprendre chez lui et nous trinquons alors ensemble en commentant les nouvelles du jour. Mais peut-être n'est-ce là qu'un prétexte que je me donne pour ne point prendre la rue de la Victoire.

En son tout début elle n'est pas très large cette rue, mais bien vite elle forcit d'épaules et pourrait même rivaliser avec certaines avenues qui ne doivent en fait leur qualité qu'à l'importance du rôle joué dans la cité par les hommes qu'elles ont pour mission d'honorer (voir l'avenue

Adolphe-Thiers où deux maigres carrioles ne passeraient pas de front). Le samedi soir, devant le « Rex » à nouveau ouvert après les événements, on s'écrase les pieds dans d'interminables files d'attente pour visionner toujours les mêmes navets qui quand même font encore rêver les foules. Et puis c'est à deux pas de là que se trouve la fameuse boutique Hamrouche qui regorge d'épices, de plantes exotiques et de produits des îles (où l'on sert aussi le thé à la menthe) ; la coqueluche de l'intelligentsia ! Si l'on poursuit, passée la pharmacie Becker (sans intérêt), on tombe sur le glacier Gobbi dont les sorbets au kirsch sont courus de toute la ville, tant que certaines soirées d'été sa terrasse à craquer de gourmands mange la moitié de la chaussée ! Oui, je sais toutes les choses de la rue de la Victoire, sans pour autant les vraiment connaître. Comme sur le trottoir d'en face le petit magasin de jouets à la devanture drôlement peinturlurée, où les gamins vont acheter des Pinocchio en bois ; le « Café des Voyageurs » et ses banquettes de moleskine rouge qui fait angle avec l'impasse des Trois-Maries ; la friterie du numéro 44 et ses effluves d'huile rance, le marchand de souliers juste à côté, plus loin l'échoppe du naturaliste aussi avec, en vitrine, un renard argenté et une loutre. Et puis, au centre de la rue, le siège du Parti bien sûr.

Le « Rex » non, mais j'aimerais bien parfois aller prendre un thé parfumé chez Hamrouche, déguster un liégeois de chez Gobbi, ou boire un bock au « Voyageurs » avec Vincent. Pourtant la rue de la Victoire c'est une rue où je ne mets jamais les pieds. Peut-être à cause de ce tas de cadavres (dont celui de mon père) que les autorités ont décidé de laisser là, à même le pavé devant l'immeuble du Parti, et ce depuis la fin de l'insurrection. Pour l'exemple sans doute.

Intimité

Au petit matin, souvent des bêtes ignobles et sans gêne se baladent, nues, dans la cuisine. Qu'on tente de les écrabouiller du bout de la semelle, de les chasser d'un coup de torchon ou de les éliminer de quelque façon que ce soit : peu leur chaut, elles semblent ici chez elles, hors d'atteinte et répandant partout une puanteur qui inspire répugnance. D'ailleurs c'est peine perdue d'essayer de s'en défaire : pour une que l'on croit écrasée, cent rappliquent aussitôt prendre sa place et l'infection ne fait que croître et embellir. Certes il pourrait paraître plus judicieux de feindre, face à ce bouillonnant désordre, la plus parfaite indifférence, mais ce stratagème lui-même, pour habile qu'il soit, se révélerait bien vite fatal tant ces cloportes se montrent envahissants et voraces comme il est difficilement imaginable pour qui n'a jamais été

47

confronté à semblable lèpre. Si l'on n'y prend garde, le thé brûlant à peine servi (et bien que non sucré) les gluantes bestioles ont tôt fait de tout aspirer de leurs suçoirs avides, ne laissant sur le pourtour du bol qu'une viscosité répulsive qui vous découragera pour un moment d'ingurgiter quoi que ce soit. Il y a belle lurette que je ne me hasarde plus à poser le bol sur la table, à même la toile cirée, ne fût-ce qu'une seconde; non, je déjeune maintenant à la va-vite, debout sous le plafonnier, au centre de la pièce (ayant noté leur aversion pour les endroits lumineux), ou alors juché sur une chaise, près la fenêtre, tel un voleur ou un idiot. C'est déjà beau que ces horribles ventouses n'aient point cherché trop longtemps à me prendre d'assaut et me grimper tout le long du corps pour parvenir ainsi jusqu'à ma pitance; je les connais maintenant et seuls les poils de mes mollets, dans lesquels elles se sont d'emblée empêtrées, les ont contraintes à l'abandon. Parfois je m'interroge sur ce que nous allons devenir à ne même plus pouvoir ouvrir un journal sans qu'aussitôt tous les articles en soient brouillés et rendus illisibles sous leur gélatineux pullulement. En fait, l'abrupt de la vérité est peut-être bien que nous nous soyons résignés, aujourd'hui, à vivre dorénavant dans l'intimité de ces monstres.

Monsieur Jean

Depuis que Monsieur Jean a des embête-
ments, il a définitivement renoncé à vouloir
changer l'homme. Avant il disait : « Dans la vie,
vois-tu, de quelque façon que je me tourne ou
retourne, j'ai toujours du soleil plein les yeux ! »
Aujourd'hui son ultime rêve est de mettre des
rideaux aux fenêtres. Pas plus tard qu'hier, en
visite de politesse chez une veuve du voisinage,
il y a volontairement oublié son chien. Il ne
boit plus. Ne fume plus. Souvent il parle seul en
marchant dans la rue.

C'est une bien grande affliction pour nous
qui l'avons connu ardent et passionné de voir
cet homme maintenant si renfrogné et toujours
à deux doigts du pire. Mais dans le défaut où
nous nous trouvons de pouvoir lui apporter le
moindre réconfort, quel autre comportement
adopter à son égard que celui de feindre la plus

parfaite indifférence? Pourtant si son bonheur passé était par quelques-uns parfois jalousé, son malheur d'à présent nous encombre vraiment tous, il faut l'avouer; et nous sentons comment sa fin prochaine, due d'abord à l'isolement sévère dans lequel il s'obstine, sera par nous vécue comme un drame.

Hourra ! America !

Ce matin au réveil, longtemps avant l'aube, les choses allaient bien ; chaque chose avait pris tout de suite sa juste place dans ma tête — celles qui devaient être à l'ombre, à l'ombre ; celles qui demandaient du soleil étaient déjà au soleil — tout semblait vouloir bien se présenter pour la journée à venir et ça, il faut le dire, c'est plutôt rare. D'ordinaire des charrettes remplies de chiens enragés font la course sur les pavés dis-joints de ma cervelle, ou alors d'une oreille l'autre une tringle de fer rouillée vient me per-forer les idées et, dans de telles conditions, devoir exister encore jusqu'au soir c'est comme tenter l'impossible. Mais ce matin, hop ! allons-y, vivre démarrait très fort et, pour une fois, c'était tant mieux.

C'est en arrivant dans la salle de bains que, comment dire ?, je me suis soudain senti américain. Cela s'est fait d'une façon très naturelle en somme et sans qu'il y ait le moindre effort de volonté de ma part. À poil devant le grand miroir mural, entre le bidet et la baignoire, je me suis d'emblée trouvé un comportement typiquement américain. Il n'y avait pas à ergoter là-dessus, c'était comme ça, il fallait faire avec. Je me suis brossé les dents à l'américaine, puis j'ai gagné la cuisine à la manière d'un cow-boy qui pousse négligemment la porte du saloon et met à bouillir une casserole d'eau pour son thé, tout en même temps qu'il massacre le couvercle d'une boîte de corned-beef pour la pitance du chat. Fucking cat !

Attablé devant mon bol brûlant et mes biscottes beurrées, examinant d'un peu plus près ma nouvelle situation, quelque chose de suite est venu heureusement me rassurer : non je n'étais pas du tout chasseur d'apaches ni lyncheur de nègres, K.K.K ! mais c'est bien du côté de Carver, de Maclean et de Brautigan que je me sentais tellement américain ! Aussi du côté de Philip Hersh qui est journaliste au « Chicago Tribune », qui a juste le même âge que moi et avec lequel j'avais partagé la veille un aligot chez des amis communs ; un type vraiment épatant auquel il me faudra passer un mot prochainement. Donc j'en déduis qu'avec semblables proximités je vais certainement jouir d'un sacré talent aujourd'hui et accoucher d'un petit bijou de poème, d'une nouvelle fantastique dont je resterai longtemps tout étonné moi-même, peut-être d'un chapitre entier d'un roman d'aventures sur fond de Grand Nord ; alors je grille un cigare pour la circonstance et file illico m'installer à ma table de travail, avec déjà de drôles d'idées de Pulitzer derrière la tête ! Hourra ! America !

Qu'est-ce qui a bien pu déraper par la suite dans mon cinémascope en technicolor, quel méchant parasite est venu brouiller ma superproduction jusqu'à me laisser muet devant la page blanche et, après avoir rêvé à une littérature grandiose, me retrouver sur le coup des onze heures écossant des petits pois dans une bassine en plastique sans avoir pu tirer une seule ligne de toute cette histoire ?... Ma mère au téléphone hurlant solitude du lointain de son asile de fous ?... Au courrier, cette lettre d'un grippe-sou de la Banque Populaire m'ordonnant de régulariser sans délais la situation de mon compte dans ses livres et inventer *ipso facto* mille neuf cent quinze euros pour combler mon découvert ?... Ou bien est-ce le chat lorsqu'il est venu vomir tout son singe sur ma moquette ?... Je ne saurais trop expliquer quelles choses ont subrepticement changé de place dans ma tête, ni

trouver l'exacte raison à cela, toujours est-il que,
bye-bye America! c'était comme si tout mon
talent réduit en confettis avait dégringolé du
haut des mille deux cent cinquante pieds de
l'Empire State Building pour aller s'éparpiller
lamentablement sur le pavé de la 5ᵉ Avenue. Et
pour être tombé aussi bas, il avait bien fallu
que quelque chose d'ingrat vienne me casser
la baraque quand même! « Roof sell in », en
américain.

En remontant le cours
d'un torrent

Par un sentier muletier plus raide que la spi-
rale qui conduit des pèlerins avides de vertige
sur la couronne de la Vierge du Puy, je remontais
péniblement le cours d'un torrent de Haute-
Loire dans les remous duquel, des lustres de
cela, s'était noyé un homme que j'avais eu à peine
le temps d'aimer, encore moins de vraiment
connaître et je me disais, tout en poursuivant vers
l'amont : dans dix jours tu vas passer le pont de
la quarantaine, le compte est vite fait qu'à cet
âge-là trois courtes années séparaient mon père
du bouillonnement glacé de ces mêmes eaux
dont le tumulte venait aujourd'hui me fracas-
ser les tempes à m'en faire lâcher raison et qui
donnait à mon ascension toutes les apparences
d'un étrange retour sur un passé incertain.

Trois fois douze mois, cela doit presque
pouvoir tenir au creux d'un poing serré ; c'est

moins que les quelques kilomètres de ce rai-
dillon hostile et noueux qu'il me restait à esca-
lader pour surprendre la source de ce cruel torrent, tenter d'en appréhender le mystère. C'est
trois printemps à réciter des litanies d'amour à
des beautés qui font souffrir, dormir à deux
sous des auvents d'espaliers et dans la folie
d'avril mettre au monde un fils. Quelques étés
à manilles, réfugié au ventre frais des tavernes, à
l'heure où dehors prennent feu les blés. Trois
ans : trois automnes et déjà des immensités d'hiver à sillonner en Traction avant des routes
départementales, le cœur verglacé de solitude,
jusqu'à ces tourbillons d'écume dont je gravis-
sais aujourd'hui les pentes, en garde à chaque
instant de ne point rouler à ravine tant était
escarpé le chemin et malaisé d'y progresser.

J'avais jadis imaginé toutes sortes de motifs
plus ou moins vraisemblables pouvant, à défaut
de justifier, peut-être en partie expliquer la présence de cet homme debout au bord de ces eaux
brutales, ce 15 juin 1952, et se laissant peu à peu
gagner par la fascination du gouffre jusqu'à
épouser l'enfer en de tragiques noces. Longtemps j'avais cherché à percer le pourquoi d'une
si funeste résolution, déchirante aussi parce que
m'en étant toujours senti exclu. Déconvenues
conjugales diverses, déboires répétés dans les

affaires, dureté des temps d'après-guerre ; quelle autre humiliation plus sévère encore avait-elle pu l'amener, dans un moment d'extrême abandon, à claquer définitivement la porte derrière lui et rouler pleins feux dans la nuit ?

Mais maintenant que seuls quelques malheureux mètres de ce chaos de rochers me séparaient encore du but et que, ramassant mes dernières forces, je m'arc-boutais des bras et des jambes à chaque aspérité du terrain pour, centimètre par centimètre, gagner sur la montagne rebelle, alors toutes les interrogations passées, les tourments de l'incertitude dans lesquels je m'étais si souvent débattu et les fragiles hypothèses comme de mauvais rêves dans le vide échafaudées, tout cela s'évanouissait dans mon effort et c'est suant mieux qu'une mule mais le cœur enfin apaisé qu'ayant escaladé l'ultime roc m'apparut la source tranquille du torrent. L'endroit se montrait sauvage et rayonnant, plein d'une impétuosité encore contenue avec, dans la transparence de ce jaillissement, d'évidentes promesses d'avenir. Se trouvait là, comme en attente à la naissance des eaux, un berger songeur auquel je ne sus donner d'âge. Berger sans troupeau et sans chien.

Étranger

Me rendant compte que j'avais tout le temps devant moi, je décidai aussitôt de ne rien faire tout ce temps durant et entrepris de me couper les ongles des doigts de pied. À n'avoir nulle part où aller, pensai-je, autant y aller d'un pied léger. Je franchis le seuil à la façon des insouciants tirant derrière eux la porte du vieux monde pour une vie de bohème.

La ville était verte. Les rues ruisselantes de fraîcheur matinale. Brillaient les vitrines, et les terrasses des cafés étincelaient de mille sourires féminins. On eût dit qu'à chaque carrefour le printemps faisait éclater des salves de jacinthes ! Les mains dans les poches, transparent parmi les passants, je déambulai au long des trottoirs tel un voyageur sans valise (parce qu'il l'aurait laissée sur le sable avec la mer et tous les soucis du quotidien), et j'étais soudain cet étranger arrivé le matin même au port pour se lancer à la découverte d'une ville inconnue.

Je ne passai pas le portail royal de la cathédrale pour implorer Dieu ainsi l'assemblée des bigots, chacun un lourd antiphonaire sur ses genoux cagneux et l'œil illuminé. Non, moi c'est seulement de la douceur des lieux et des odeurs d'encens que je venais rassasier mon cœur païen et je me sentais aussi libre qu'un éclat de rire. Je ne me hâtais non plus, la tristesse en tête, vers l'établi où m'attendrait quelque contremaître tatillon pour y gâcher mon bel âge et mes rêves. Je laissais cela aux gens pressés dont le regard hébété de fatigue fixe sans cesse l'horloge monumentale à laquelle toujours une aiguille fait défaut. J'allais, tranquille, dans les squares où des kiosques à musique déserts, pour moi seul résonnaient de cris d'oiseaux après la pluie et de symphonies pareilles à des chevelures de femmes. Tout m'était dimanche! Flâneur sans solde, midi me surprit livré nu-tête à son incendie; je trouvai refuge sous l'ombrage fraternel des catalpas de la promenade.

Oh! oui! c'était vraiment comme pour la première fois et j'étais vraiment cet étranger, voyageur sans bagages, dans les rues d'une ville! À peine arrivé du matin, les visages, les devantures des magasins de fruits exotiques, les voitures étincelantes, les gamins facétieux, les tramways fauves à antennes d'insectes, tout se révélait beauté, fraîcheur jusque-là insoupçonnée, horizons illimités!... Ô instants d'extase, heures fastueuses, à quelle éternité êtes-vous promis!

Mais bientôt la tombée du soir doucement enveloppa la ville de son grand voile bleu, il me fallut alors songer à rentrer. En avais-je goûté des choses! Demain, demain encore, murmurai-je, et chaque jour ainsi... Cependant la mémoire des lieux semblait s'être soudain dérobée et me voici comme embarrassé sur le chemin du retour, questionnant des rues cette fois-ci pour de bon inconnues. Un peu fourbu et les os brisés par l'errance, je battais le pavé d'un pas lourd en quête d'une incertaine issue lorsque, interrogeant le miroir d'une vitrine, je me vis le trait tiré et le poil blanchi. Si peu d'heures avaient donc suffi pour qu'aux pieds mes ongles aient percé les souliers et qu'une vie d'étranger, la mienne, déjà s'en soit allée?

Le désert du Kalahari

Traverser le désert du Kalahari ne représente un exploit que pour l'écervelé qui aurait oublié son tabac à rouler, son papier gommé et un bon briquet. On ne s'ennuie jamais avec une cigarette. Le temps dans les volutes de fumée s'enroule, un instant serpente, ondule puis s'en va, et vous avancez sous le ciel bleu sans même vous en apercevoir. Parti le matin du Zimbabwe cigarette aux lèvres et mains aux poches, vous allongez le soir le pas en tirant l'ultime bouffée et vous voici en Namibie !

Je n'ignore pas que l'abus du tabac est dangereux ; la Loi du 9 juillet 1976 qui précise cela m'est rappelée sur chaque paquet de « CAPORAL coupe fine » que j'achète chez Barrouyer, le buraliste d'en face la cathédrale Saint-Siffrein. Mais si s'abstenir de cigarette quelques heures (lors d'un voyage en train à La

Bourboule où vous vous rendez au chevet d'une tante convalescente) reste sacrifice acceptable, il est d'autres circonstances dans la vie où fumer s'impose furieusement jusqu'à devenir nécessité première. Ainsi traverser seul le désert du Kalahari.

Au début je ne traversais pas le désert du Kalahari. C'eût été même hasardeux pour moi que d'essayer de le localiser sur un planisphère. Non, je restais siècle après siècle cloué sur ma chaise à subir les billevesées de bavards et de fâcheux que m'imposait la bienséance ou, certains soirs, quelque sordide corvée d'amitié. J'émettais de temps à autre un bruit avec la bouche pour manifester ma présence au monde et feindre l'intérêt que je portais au badinage ambiant. J'étais résigné et poli à deux doigts d'en mourir d'ennui.

Mais depuis qu'on m'a offert un « Atlas International », que j'y ai déniché ce coin maintenant bien à moi, alors qu'un radoteur tire une chaise, d'autorité s'installe à ma table et m'accable de ses cancans : je fais illico le vide dans ma tête et sans rien dire, sans en rien laisser paraître, je traverse peinard le désert du Kalahari. Je prends garde de marcher bien droit tout le long des pointillés du Tropique du Capricorne en roulant cigarette sur cigarette, ainsi le temps

un instant serpente, ondule, s'envole ; de Pie-
tersburg à Windhoek j'avance doucement dans
mon rêve. Le plus souvent lorsque je mets pied
en Namibie, voilà mon importun parti !

Sauce bolognaise

Souvent elle me dit, comme ça, il faut chercher un sens à tout cela. Trouver une signifi-
cation à notre existence. La plupart des gens, tu
vois, ne se posent aucune question ; ils vont, ils
viennent, comme sans inquiétude du lendemain ; jamais ne s'interrogent sur le pourquoi
et le comment de ce qui leur est arrivé la veille et
ne cherchent non plus à déceler si dans tel évé-
nement, récent ou plus ancien, il n'eût pas été
perspicace de voir un signe du ciel, un avertis-
sement envoyé par les puissances mystérieuses
qui nous inspirent ou je ne sais quel esprit angé-
lique dont les attributs m'échappent un peu, je
l'avoue.

On discute à l'infini tout en mangeant des
rouleaux de printemps avec des feuilles de
menthe fraîche, ou alors des gnocchi noyés dans
une sauce bolognaise achetée le plus souvent

en boîte parce que, bien que bonne cuisinière, elle ne sait quand même pas mitonner la sauce bolognaise ; non, ce n'est vraiment pas son truc. Son truc, c'est éclaircir le mystère de l'homme et de son destin ; parce que aujourd'hui nous nous trouvons face à une transcendance qui fait éclater l'univers cartésien où l'esprit identifié à l'intellect observe la matière étendue et la domine et que la psychologie doit affronter exactement le même genre de problème et quand elle tente de m'expliquer tout ça, elle s'emballe, et moi je vois ses seins bouger drôlement sous son tee-shirt et ça me fait rêver.

Il faut bien le dire, lorsque nous empoignons Dieu, le karma, Jung, le Yi King et toutes ces sortes de choses et que nous remuons bien, alors ça bouillonne férocement dans le chaudron et le ciel, les astres, les rêves — très présents chez nous — occupent parfois tout le terrain, des carottes râpées jusqu'au crottin de Chavignol. Certains jours, en sucrant mon café, j'en viens à penser qu'au lieu de tellement se tournebouler la cervelle à vouloir résoudre d'aussi délicates énigmes et donner un sens à la vie, on ferait mieux de surveiller les lacets défaits de nos souliers et aviser de ne point se prendre les pieds l'un dans l'autre en traversant l'avenue à la va-vite sous les roues d'un camion ; « Ce qui

donne un sens à la vie donne un sens à la mort »,
disait Saint-Exupéry.

C'est alors qu'elle juge mon imagination trop
débridée, elle trouve que j'abandonne un peu
facilement notre quête de l'essentiel et surtout
que je ne devrais pas vider verre sur verre, tel un
philosophe de cabaret, lorsque nous abordons
aussi sévère sujet. Mais après tout, est-ce de ma
faute si, Bélier ascendant Balance, je dois faire
face à un terrible amas planétaire en Poissons en
maison V ? Mercure, Mars, Cérès et même Vénus
en Poissons ! Depuis vingt ans que nous vivons
ensemble, elle a eu le temps de m'expliquer que
c'est ce fatras de planètes qui me rend insaisis-
sable tel un mérou, une limande ou un maque-
reau à ventre nacré, et accentue le côté paresseux
d'une âme chez moi sérieusement tentée par la
vie dissolue des banlieues. Avec semblable handi-
cap, je pense que je devrais plutôt m'atteler à
imaginer quelques solutions simples aux différents petits riens du quotidien, comme coller
une rustine à la roue de son vélo ou désherber les
bégonias, et lâchement renoncer à trouver un
sens très précis à ma précaire existence.

Parfois je lui dis que dans ma tête, si on soule-
vait le couvercle, je crois bien qu'on trouverait
un kilo cinq de gnocchi noyés dans de la sauce
bolognaise à la viande de bœuf et rien d'autre.

Poissons

Aujourd'hui ma tête est transparente comme
un aquarium. Je le sens bien. On peut certainement regarder passer des poissons à travers ma
boîte crânienne. Les gens croisés dans la rue ne
s'en privent pas d'ailleurs qui marquent le pas et
me dévisagent de longues secondes, s'interrogeant sur le curieux manège de ces poissons
paresseux en ce lieu si déconcertant. Certains ne
peuvent retenir une moue de dégoût à ce spectacle aquatique dont ils semblent me tenir
rigueur; comme si j'y étais pour quelque chose,
vraiment! D'autres, un instant feignent l'indifférence mais sitôt dans mon dos pouffent de
rire sans retenue aucune, se retournent, me
montrent du doigt et sont prêts à rebrousser
chemin pour me faire escorte tellement cela les
amuse. Il faut comprendre que ce n'est pas toujours plaisant pour moi qui tant aimerais être

un garçon normal et raisonnable et partout passer inaperçu.

Certains soirs plus romantiques que d'autres, quand dehors la pluie délave les volets ou que la tristesse me prend simplement en fixant la mine d'un crayon, j'en viens à penser que toutes les histoires horribles que j'ai imaginées pour distraire les honnêtes gens ont fini par être miennes et devenir, à mon insu, ma propre biographie. En vrai, combien de fois décrivant un personnage blanc de peur et saisi soudain de panique ne me suis-je pas surpris à trembler pour de bon jusqu'à devoir vite jeter l'éponge et, transpirant, m'en aller à de plus saines occupations que la littérature et ses fantasmes (ainsi vider une bouteille, par exemple, ou appeler Françoise au téléphone) ? Oui, je crois que les histoires que l'on raconte non seulement finissent par être vraies mais, en fait, ne sont peut-être qu'anticipation de la réalité ; ou alors je suis complètement névrosé, ou alors c'est la pluie sur les volets... Bref, mon obsession, pour le moment, reste bien de me débarrasser de ce bocal qui me sert de tête, des poissons qui l'habitent et de pouvoir ensuite sortir à nouveau librement dans la rue comme tout un chacun.

Je me suis mis un bon quart d'heure la tête sous l'eau glacée du robinet de l'évier espérant de la sorte me nettoyer les écailles du cerveau et me rafraîchir les idées, puis j'ai décidé de penser à tout autre chose qu'à cet aquarium, ses vertébrés à sang froid, et j'ai entrepris aussitôt de faire l'inventaire du frigo. Il y aurait de sacrés courants d'air à organiser là-dedans! On y trouve pêle-mêle entassée de la boustifaille du monde entier : gnocchi englués dans une sauce bolognaise figée, rogatons de nids d'hirondelle, reliefs de paella, graillons de côtelettes de porc et même un morceau de quelque chose d'indéchiffrable momifié dans son jus. J'ai réussi à extirper de ce bazar une belle andouillette bien fraîche que j'ai passée vite fait bien fait au poêlon avec beurre et moutarde pour m'en régaler sans plus tarder en compagnie d'un godet de muscadet. Et c'est attablé pépère devant mon andouillette grésillante que d'un coup me sont revenus les poissons : la première bouchée avalée je trouvai en effet à mon andouille un sévère arrière-goût de morue mal dessalée.

J'ai eu beau tout laisser tomber : andouillette, morue et muscadet; me cogner une heure durant la tête contre le puissant « Qui tollis » à deux chœurs de la messe en ut mineur de Mozart (Koechel 427); tenter quand même de sortir et d'éparpiller sans but mes pas tout au long des quais de Saône, comme insouciant et oublieux :

il n'y eut rien à faire, les poissons l'emportaient et pour aujourd'hui, je l'avais compris, c'était tant pis. Que les passants me dévisagent d'un air effaré, méfiants tirent sur la laisse de leur chien ou me fusillent du regard, je m'en fichais éperdument; c'était trop tard et je n'avais plus rien à leur expliquer. Je le sentais bien maintenant : je n'avais pas à me justifier. Je crois que déjà, comme ça, mon père aussi avait parfois des poissons dans la tête qui a fini par se jeter à l'eau un jour qu'il en avait marre.

Promenades près des étangs

Un mardi sur deux nous trouvions un morceau de viande dans notre assiette. Cela provenait le plus souvent des rebuts de l'abattoir. Debout, « *Bénissez-nous, Seigneur, bénissez ce repas, ceux qui l'ont préparé et procurez du pain à ceux qui n'en ont pas, ainsi soit-il!* » on chantait, pendant que dans l'assiette ébréchée le bout de viande refroidissait. D'autres fois (les jeudis après-midi surtout), nous franchissions les hauts murs et l'on nous conduisait en procession prendre l'air du côté des étangs ; alors l'envie soudaine de nous noyer nous faisait follement battre les tempes. Pour prévenir contre un trépas tragique les plus décidés d'entre nous, l'abbé au teint cireux se débattait dans sa grande robe telle la dinde jaune de Soutine au ciel suspendue par les pattes.

Certaines nuits, dans la lueur vacillante des

veilleuses cafardes, la discrète convoitise de choses de nous encore inconnues entraînait quelques-uns à des manières de crimes que même Sainte Marguerite-Marie Alacoque, dans sa niche étoilée, ne pouvait qu'ignorer. Mais l'aube en tremblant bien vite dissipait ces désordres et c'est le cœur pur que nous approchions de la sainte table, dévorant le corps du Christ juste avant le pain sec du petit déjeuner. La journée s'étirait ensuite de patenôtres en chapelets, laborieusement jusqu'à l'étude du soir qui nous trouvait brisés et soumis. La boucle était bouclée, nous pouvions à nouveau nous endormir dans l'absolu dégoût du ciel comme de la terre ; les yeux bien fermés sur les fenêtres de l'été, certains plus que d'autres rêvant aux promenades du jeudi après-midi, tout près des étangs.

Années d'enfance cavernicoles et marécageuses tout à la fois qui m'ont légué sans doute cette drôle d'attirance pour les lacs, marais et barbotières de toutes sortes au bord desquels je me plais aujourd'hui à longuement musarder, imaginant sans peine aucune le grouillement sordide de leurs bas-fonds, rêvant parfois en solitaire à la remontée entre les joncs glauques de quelque cadavre en blouse d'orphelin, dont le visage terreux et verdâtre viendrait ressusciter un instant le visage de cet enfant retrouvé, il y a peu, sur une photographie de classe qui moisissait depuis trente ans au fond d'un tiroir.

Une andouillette m'attend

Jadis, j'étais comme un garçon de café égaré dans la philosophie. Je courais d'une idée l'autre, un plateau chargé de boissons de toutes les couleurs à bout de bras. J'aurais voulu trouver une clef à l'absurde et au dérisoire de tout l'univers. Savoir comment il fait noir la nuit, pourquoi la balafre de l'enfance souvent cicatrise mal, connaître aussi ce que cachaient les chemisiers des femmes. Mille interrogations en permanence m'assaillaient et je ne me souciais point de gagner ma vie, j'avais quinze ans en somme et du temps à perdre ; depuis je l'ai bien perdu et ma vie aussi.

Aujourd'hui me voici tel ce flâneur frivole qui fait halte aux terrasses des cafés et contemple, étonné, la ronde des serveurs affairés à résoudre des problèmes de diabolos menthe et de vermouths cassis, tandis qu'accoudé au comptoir un poivrot sentencieux frappe du poing le zinc pour décabosser la planète. (Notre planète est très abîmée, tous les gens sensés vous bassineront avec ça.) Je n'éprouve plus le lancinant besoin d'élucider à moi seul toutes les énigmes du cosmos, ni d'aller farfouiller dans la lingerie de l'enfance pour y dénicher des lambeaux de réponse à mon insouciance actuelle. Non, je mets simplement quelque maniaquerie à réaliser de mon mieux les deux ou trois choses inutiles inscrites à mon programme ; et pour le reste : que le Dieu des chrétiens s'en charge !

Ainsi pas plus tard qu'aujourd'hui, un aveugle en panne d'inspiration sous une porte cochère s'enquiert auprès de moi de la rue Moncey. — « C'est à l'autre bout de la ville, mon vieux, et là-bas tout est en travaux ; les requins municipaux éventrent le quartier ! » Ce faisant j'empoigne le bonhomme et l'entraîne dans la cohue du boulevard. Avais-je mieux à faire cette après-midi ? D'impérieuses obligations me réclamaient-elles ailleurs ? Un vieil ami allait-il m'attendre en vain à un rendez-vous d'importance, une fille en bas résille désespérer de jamais me revoir ?... Fort heureusement, il y a belle lurette que ce genre d'interrogations ne m'assaillent plus et je ne suis pas un garçon de café égaré dans la philosophie ! En route mauvaise troupe, et toute la journée ainsi !

C'est seulement le soir venu que je m'aperçois avoir marché et marché, rêvé et rêvé, avec toujours mon aveugle à bout de bras, et que nous sommes à des années-lumière de sa rue Moncey maintenant et, mon Dieu, que faire !? Encore un effort et cent mille questions sans réponse surgiront à nouveau, jusqu'à vous tournebouler complètement la tête ! Non, plutôt abandonner mon aveugle là, sur ce morceau de trottoir du bout du monde puisque son malheureux destin l'y a conduit, qu'il se décarcasse à présent, il est tard, trop tard ; et moi je rentre tranquillement à la maison où, je le sais, bien au frais dans le réfrigérateur une belle andouillette m'attend.

Encore un accident

– « Freine ! Freine ! Mais freine donc bon Dieu ! » J'ai hurlé tel un damné dans les tympans de Salim quand, ficelé à la place du mort, j'ai vu soudain surgir l'obstacle au milieu d'un morceau de nuit déchiré par les phares ; en plein virage, inévitable. Mais pouvait-il seulement m'entendre, avec l'autoradio à pleine puissance qui nous ensorcelait d'Oum Kalsoum depuis plus d'une demi-heure et les deux grammes huit qu'il devait avoir dans le sang ?

– « On ne me verra jamais démissionner devant l'alcool ! » se plaisait à répéter Salim qui pourtant ne supportait pas davantage le vermouth cassis que les rognons de porc. Bien plus que fanfaronnade, c'était pour lui manière comme une autre de s'intégrer à la communauté et gommer ses origines de buveur de thé à la menthe. Qu'avions-nous en effet de mieux à faire dans la tristesse d'un soir de Noël, au bourg, qu'abîmer chopine sur chopine au zinc de « Chez Georgette » puis foncer dans le noir vers rien du tout ? D'ailleurs, au volant de la vieille Simca, ce qui fascinait Salim ce n'était pas d'aller quelque part, mais d'abord d'aller vite. — « Freine ! Freine ! Mais freine donc bon Dieu ! »

Je me suis recroquevillé sur mon siège, j'ai fermé mes yeux avec mes genoux, Oum Kalsoum a fait comme un petit hoquet, la voiture est allée s'immobiliser en contrebas de la route dans un lacis de ronciers enneigé. Lorsque j'ai repris contact avec la réalité vulgaire du moment, Salim, tout ragaillardi, bricolait déjà dans les phares, cherchant moyen à l'aide de branchages de nous désembourber de là. Vraiment, je me suis dit, ce type est épatant et c'est un copain pour la vie et nous nous sommes très bien tirés d'affaire tous les deux parce que, nous l'avons vite compris, il y avait urgence.

Restait en effet le problème de cet ange raplati pour l'éternité au milieu de la chaussée tel un coulis d'écrevisses, les ailes en croix sur le goudron et dont la triste fin allait, pour sûr, nous attirer les foudres des bataillons de calotins alentour. C'était, il est vrai, le deuxième en huit jours.

Je crois bien que je suis
comme Marcel Proust

C'est délicat d'écrire un petit poème en plein été, avec trente-huit degrés centigrades à l'ombre des pins d'Alep, à même l'écorce cent mille cigales en concert permanent. Étouffoir et raffut d'enfer! Je tire les volets, je ferme la fenêtre, parce que le poème que je veux écrire est plutôt fait pour être lu l'hiver, après une dure journée de gel, quand le chauffage central vient de tomber en panne et que les draps sont froids. Le chat se serait fait écrabouiller du matin par un camion-citerne fonçant dans le brouillard givrant et l'on serait tout à fait seul enfin (sans même un verre de vin à portée de main). De quoi voir la vie en face, vraiment! Ce sont bien des instants de la sorte où la lecture d'un petit poème d'hiver peut vous réconforter d'une certaine façon, parce qu'on y apprendrait qu'on n'est pas l'unique à se tracasser sur terre et que c'est souvent le lot commun d'être dans la mouise ; alors moi je trouve que sentir ça par l'intermédiaire de quelques lignes imprimées sur une page blanche, précisément ça réconforte. Seulement démarrer un poème cela n'a rien à voir avec tourner la clef de contact d'une Bugatti et, hop ! le moteur ronfle et ça roule, même en plein hiver, et je ne sais pas du tout par quel bout commencer.

Il y a cette chaleur écarlate qui embrase le bleu des persiennes, transperce l'atmosphère de mille flèches enflammées et fait fondre instantanément la moindre idée qui aurait trouvé la force, sortant d'on ne sait quelle fraîcheur épargnée par cette étuve, de vous grimper jusqu'entre les oreilles pour vous régénérer la cervelle. Dans le dictionnaire les mots transpirent et viennent tourniquer autour des mouches noires à pattes velues qui se reproduisent et se multiplient d'*abaca* à *zython* jusqu'à tout embrouiller, et moi je suis toujours en quête désespérée du comment m'y prendre pour attaquer ce bon Dieu de poème d'hiver ; je suffoque. Je crois bien que je suis en ce moment comme Marcel Proust (1871-1922) qui faisait de l'art et des fumigations, allongé dans la pénombre de sa chambre aux murs capitonnés de liège en cherchant vainement à retrouver son souffle, mais moi aucun éditeur n'attend pour vite l'imprimer mon petit poème qui n'est pas encore écrit et cela, qu'on le veuille ou non, creuse quand même entre nous un écart considérable, surtout côté moral des troupes. J'en viens à penser qu'il est plutôt benêt de vouloir consoler à tout prix l'âme en peine d'un hypothétique lecteur de décembre quand on est soi-même soumis aux tribulations de l'enfer, en pleine fournaise de juillet, et que plus subtil serait d'arrêter là illico et d'aller fatiguer une fillette de rosé sous la charmille, — peinard !

Mais à défaut d'à peine gagner son pain ou d'accumuler des royalties, il faut bien trouver une raison d'être, une molle occupation qui justifie notre présence sur cette planète et comme prétexte à vivre (aussi pour tuer le temps entre deux rotations de l'univers), je n'ai rien inventé de mieux qu'écrire des poèmes pensant, au tout début de ma carrière, que ce ne serait pas une activité trop pénible et justement ma femme, émergeant de sa sieste, vient me demander où j'en suis et si tout cela n'est pas bientôt fini. Soulager en plein été un lecteur de décembre en panne de chauffage central et dont le chat est mort ne représente pas pour elle un exploit, tout au plus un devoir de vacances qu'on peut expédier d'une main, un verre de vermouth dans l'autre. J'enrage et je sue et je songe à ce type qui, d'une certaine façon, a bien de la chance d'être seul, tranquille entre des draps frais et qu'importe la disparition d'un matou quand cent mille autres digitigrades griffent d'amour les tuiles de son toit!

Quand je suis allé m'étendre à poil dans l'herbe en plein soleil, abandonnant mon lecteur à ses malheurs, et que les yeux mi-clos longtemps j'ai rêvé à ces petits moments sans importance qui parfois marquent une vie pour toujours, alors je me suis dit que j'étais tout à fait comme Marcel Proust : sans cesse à la recherche tourmentée de quelque chose c'est sûr, mais aimant bien quand même être allongé dans les effluves de menthe sauvage et d'héliotrope, comme à ne rien faire en somme.

Des fourmis

Ce midi, comme je secouais la salade devant la maison, un bras m'appartenant soudain de moi se détache et s'en va, avec le panier, au loin rouler dans l'herbe. Passé une seconde de franche stupeur je cours le récupérer et ce faisant c'est une jambe maintenant qui, se séparant tout aussi brusquement de moi, fait flancher mon effort. À cloche-pied pour ainsi dire je retourne alors auprès de l'indispensable organe lorsque, l'ayant atteint et me baissant pour, de la main qu'il me reste, m'en saisir, je vois, déconcerté, ma tête tomber avec un bruit sourd dans l'herbe comme celle d'un condamné dans un seau de sciure. Tout cela sous l'œil amusé de ma femme qui de la fenêtre suit la scène.

Alors voici que surgissent de tous côtés à la fois, en d'affreuses et grouillantes processions, des myriades et des myriades de minuscules

fourmis noires à pattes velues et tête de mort ;
elles semblent cependant venir de nulle part
vraiment, mais plutôt, au fur et à mesure, s'inventer toutes seules. Sans perdre une miette de
temps elles entreprennent aussitôt d'emporter
au diable vauvert les misérables morceaux épars
de moi-même. Toutes s'y activent fébrilement,
des plus jeunes aux vieilles folles édentées.

Bien que capables de transporter chacune
plus de douze fois son propre poids, selon Buf-
fon, il aura fallu aux habiles bestioles l'entière
après-midi sous le soleil pour regrouper au
sein de leur fourmilière souterraine ce fatras
d'organes dépareillés et c'est seulement la nuit
venue que, par leurs soins ainsi rassemblé, je pus
sans trop de peine me dégager de dessous la
poussière et, rasséréné, regagner le logis, non
sans songer : aujourd'hui encore, mon vieux, tu
l'as échappé belle.

Retard

Je ne sais pas si tu te souviens de ce voyage en train que nous avions fait ensemble (Paris-Caen, je crois) et dans le wagon de queue que nous avions attrapé de justesse gare Saint-Lazare (parce que nous sommes toujours en retard partout, n'est-ce pas), ce compartiment de seconde classe aux banquettes de bois médiévales où nous avions finalement réussi à nous caser bien qu'il fût bourré comme une boîte à sardines d'honnêtes chrétiens qui manifestement, à voir leurs têtes de poissons morts et les auréoles de sueur aux aisselles de leurs vestons, se rendaient à leurs affaires ?

Il fallait vraiment vouloir aller voir François et Sophie à Caen pour durer toute l'éternité du voyage dans cet étouffoir enfumé et puant ! Sauf qu'il y avait là cet ange de douceur aux yeux de braise et cheveux de jais, doué d'un teint clair sur lequel tranchait un rouge mouchoir de madras à sa gorge négligemment noué et que c'était miracle et fascination des sens la présence de cet être à la grâce quasi surnaturelle au milieu de tous ces visages transpirant suffisance et ennui. Il avait d'entrée jeté ses yeux au profond des miens sitôt que je m'étais assis à la seule place libre en face de lui (divine providence!) et, faisant mine de feuilleter une quelconque bande dessinée, n'avait cessé, tout le trajet durant, de fouiller mon âme de son regard brûlant. Peut-être te souviens-tu, aujourd'hui encore, de cet insistant manège que tu n'avais pas manqué de relever alors, et dont tu m'avais d'ailleurs un temps tenu rigueur pour ne m'y être du tout dérobé?...

Mais si je m'étais bien gardé de manifester le moindre agacement à ses minauderies, ni ne l'avais désespéré en rien de poursuivre ses jeux de prunelles, sans ruiner son ambition de séduire je ne lui avais cependant accordé pour tout signe d'encouragement qu'à peine l'esquisse d'un sourire, un coin de lèvres qui s'était voulu un instant bienveillant mais qu'il eût été difficile d'interpréter comme complice. Par deux fois il s'était levé, frôlant ma jambe dans l'étroitesse du compartiment, pour s'en aller dans le couloir griller une cigarette que, par deux fois, il dut bien vite écraser dans le cendrier, pressé de retrouver sa place et son plaisir parce que ne m'ayant point senti sur ses pas. Et cela s'était poursuivi de la sorte, longtemps, jusqu'au terme du trajet, toujours bercés par l'imbécile roulis des rails et sans que jamais je n'apporte un début de réponse à son désarroi. Cela tu le sais et peut-être l'as-tu gardé en mémoire jusqu'à ce jour?

Mon indifférence feinte fut-elle alors l'effet de ta présence un peu sévère à mes côtés; mon refus de manifester des sentiments vrais, suis-je allé le cueillir sur ton visage contrarié ou bien est-il venu tout bêtement de mon habituelle et lancinante lâcheté? Combler son attente inquiète d'un mot, d'un geste ébauché, eût-il bousculé quelque chose dans sa vie, dans ta vie ou dans la mienne? Et le monde, de là, se fût-il mis à valser dans un meilleur sens, ce train à rouler hors les rails stupides jusqu'au vert de ces prairies que nous traversions pétris d'ignorance? Quelle peur en permanence nous habite qui nous conduisit ce jour-là, comme tant d'autres, à semblable dérobade et retint pour toujours la vie au bord d'une échappée de soleil?...

Si je remue aujourd'hui ce souvenir déjà ancien et qui éveille en moi comme un vieux remords, ce n'est pas par goût désordonné pour une nostalgie désuète, ni pour te chercher chicane à propos d'un voyage en train bien ordinaire. Je viens seulement de retrouver par hasard ce visage et ces yeux, sur le papier glacé d'un magazine qui montre en couleurs le bel étranger au coin d'une rue étendu, un mince filet de sang faisant comme un foulard de soie à sa gorge tranchée et je me dis que décidément, il n'y a rien à faire, nous serons toujours en retard partout n'est-ce pas.

Les bégonias

Toujours je me lève avant l'aube. J'ouvre une
boîte de « Ronron » pour les chats, mets à
bouillir dans la casserole rouge un peu d'eau
pour le thé et j'avale un yaourt. Le thé bien
infusé, je le laisse refroidir dans mon bol et
m'en vais voir mes bégonias. À trois heures du
matin il n'y a le plus souvent qu'un morceau de
lune dehors, presque tout est noir, même le
feuillage des acacias est noir et le dallage de la
terrasse paraît bien sombre aussi. Mais lorsque
j'allume la lanterne suspendue à l'arceau central
de la tonnelle, alors je surprends une armée de
limaçons tout occupés à dévorer mes bégonias !
Chaque jour c'est ainsi et il semble qu'il n'y ait
rien à faire à cela, aucun remède.

J'évoquais récemment ce problème avec mon
ami Robert, lui aussi collectionneur averti et qui,
outre de nombreuses espèces sauvages et une

multitude d'hybrides, possède deux *Grandis Evansiana* à feuilles dorées aux revers pourpres et même, chose plus rarissime encore, un extraordinaire *Sutherlandii*; originaire des montagnes du Natal, cette merveille épanouit à trente centimètres de hauteur des masses de fleurs orange vif du plus surprenant effet sur son feuillage clair. Robert se trouvait à ce moment-là retenu à la clinique Saint-Gérard pour y subir une intervention chirurgicale assez délicate dont il s'est d'ailleurs très bien remis par la suite. Mais la perspective de se voir ouvrir le ventre de haut en bas et pisser le sang de tous les côtés le tracassait moins que la pensée constante d'avoir abandonné ses chères plantations aux seuls soins de sa compagne, amoureuse des plus attentives certes, mais pour laquelle la culture du bégonia ne représente forcément pas le même investissement.

Ainsi chaque matin, armé d'une berthe à lait en fer-blanc munie de son couvercle, j'opère une rafle sans pitié parmi la gent gastéropode, n'épargnant ni les jeunots désorientés, ni les ancêtres baveux et brèche-dents qui sont souvent les plus ravageurs. Ce coup de filet finira, en partie, du côté des hérissons qui se régaleront en faisant craquer les coquilles pour dévorer tout crus les envahisseurs; les plus costauds, après un jeûne de pénitence, passeront à la casserole pour être, par ma belle-mère, accommodés à l'aïoli. Mais à peine ai-je tourné le dos, je le sens bien, à peine suis-je installé devant mon bol de thé avec un bon bouquin (quelque chose comme du Carver ou du Pascal Garnier c'est sûr) que déjà cent mille nouvelles cornes pointent de l'autre bout du département pour venir faire la foire aux pains d'épices dans mes bégonias !

Robert me dit : « Il n'y a rien à faire ; vois-tu, vraiment rien de rien ; j'ai tout essayé : un appât mini-granulé qui résiste à la pluie et aux arrosages et qui contient cinq pour cent de métaldéhyde, j'ai entouré mes pots avec de la cendre de bois, j'ai piqué des petites pointes rouillées tout autour des jeunes pousses ; pour un peu j'aurais presque placé des pièges à loups partout à proximité de mes plantations ! » Nous rions un bon coup et je lui dis que moi aussi j'ai essayé tout cela, sauf les pièges à loups bien sûr, et même la fameuse « Poudre Miraculeuse qui rend toute maison heureuse » en assurant, comme l'explique la notice sur la boîte souffleuse, « la destruction infaillible de la vermine et tous insectes nuisibles ». Mais les escargots se sont ri d'un traquenard pour fourmis, ils ont tranquillement continué à se remplir la panse avec mes *Comte de*

Miribel et autres *Papa Chevallier* tels des broutards insoucieux sous la lune.

Lui allongé et bien pâle entre ses draps blancs, avec son énorme pansement au ventre et toujours à la merci des médecins, et moi en plein désarroi devant tant de problèmes insolubles, nous avons finalement tous deux convenu qu'en réalité il n'y avait pas grand-chose d'autre à faire dans l'existence sinon contempler, impuissants, l'odieux spectacle de limaçons en train de dévorer des bégonias et, avouons-le, n'être pas vraiment contents.

Œil noir

La plupart du temps les mots sont hélas bien
plus impatients que tous ces oiseaux qui, depuis
hier matin huit heures, ont envahi la maison et,
un peu partout perchés, bec clos œil vif, sans
remuer une plume nous regardent et se taisent.
Il y a là des mouettes à capuchon noir parfaitement muettes pour l'instant mais dont l'arrivée
imprévue dans le salon ne cesse de nous étonner,
la mer tout comme l'embouchure des grands
fleuves restant à mille lieues de nos quotidiennes
préoccupations. Sur la corniche du vaisselier
pose, aussi austère que pour une photo de
mariage, un couple de faucons pèlerins dont
j'ai lu dans un journal spécialisé la prédilection
pour les endroits à falaises, les hautes montagnes
ou les vallées encaissées et que la même publi-
cation donnait d'ailleurs pour espèce en voie de
disparition ! J'ai reconnu à leur sourcil clair et

au dessin noir et blanc de leur queue au moins une douzaine de traquets tariers agriffés au lustre et tout aussi immobiles et silencieux que les chouettes effraies, busards cendrés, hiboux des marais et autres étourneaux, bergeronnettes grises ou engoulevents qui foisonnent ici et, toutes portes et fenêtres larges ouvertes depuis hier matin, refusent de décamper, se contentant de considérer longuement et avec une attention soutenue nos moindres mouvements, chacun de nos gestes, tous nos va-et-vient.

Remarquez bien, nous ne nous plaignons point de leur mutisme ; imaginant non sans quelque appréhension ce que serait la vie ici si les uns se mettaient soudain à hululer, jaboter, les autres à craqueter, piailler, jacasser, surtout pour ma pauvre femme qui, atteinte d'hyperesthésie du bruit, ne peut souffrir le plus infime craquement de boiserie la nuit sans s'éveiller en sursaut baignée de sueur froide, ni le jour le moindre miaulement de chat sans piquer aussitôt une crise de nerfs.

Dans l'espoir d'amadouer cette inquiétante ménagerie, cet après-midi nous avons équitablement réparti, à même les tapis et sur les tables restées disponibles, des petits tas de graines de tournesol, maïs ou sarrasin et deux bons kilos de pommes pourries pour les passereaux ; pour les rapaces, nous sommes allés quérir dans la campagne quelques cadavres de campagnols ou charognes de mulots que nous avons alignés sur l'étagère du cosy-corner enfin, et plus particulièrement à l'intention des mouettes, nous avons disposé au centre de la pièce un immense baquet d'eau empli à débord de poisson frais. Ainsi, et bien qu'ils aient jusqu'à présent dédaigné cette pitance, nous pensons n'avoir maintenant plus rien à nous reprocher à leur égard et nul compte à leur rendre, charbonnier étant malgré tout maître en sa maison.

Nous restons cependant dans l'impatience de comprendre; nous interrogeant en vain sur ce que peut bien vouloir signifier une telle invasion de volatiles aussi divers, tous silencieux comme empaillés et nous fixant sans cesse de leur troublant œil noir.

Arrivée du Capitaine

Du paquebot délabré, battant pavillon inconnu, qui percera un jour les brumes côtières pour venir heurter du ventre le débarcadère et jeter l'ancre là, sans autre forme d'inquiétude, descendront alors, par une étroite passerelle, les belles dames en crinolines et les messieurs à barbiches suivis d'officiers aux tuniques chamarrées, de matelots tout de blanc vêtus (certains une fourragère rouge à l'épaule), de nègres à demi nus porteurs d'énormes coffres sculptés ou de cages géantes habitées d'oiseaux des îles et, clôturant ce défilé de fantômes des flots tumultueux réchappés, dans toute la splendeur de son uniforme de cérémonie apparaîtra enfin, debout à la proue du bâtiment, celui que moi seul attends depuis des siècles : le Capitaine.

Que nous ne soyons pas vraiment cité portuaire, mais plutôt ville égarée à l'intérieur des terres et dans une encoignure de province qui plus est : qu'importe ! C'est malgré tout de la mer qu'arrivera le Capitaine et la mer à chaque instant se fait plus proche, pour moi comme pour ces quelques compagnons que je devine épris d'espace et d'infini. Ainsi, juste par-derrière la grille du parc, certains soirs d'équi-noxe, il nous est possible de longuement fixer d'étranges horizons où tournoient sans fin mille soleils de sang à nous brouiller soudain les yeux de larmes. Figés dans un garde-à-vous impéné-trable, nous tendons alors l'oreille du côté des tempêtes, dans l'espoir d'une corne de brume annonçant l'arrivée imminente du Capitaine et son fabuleux équipage.

C'est généralement ce moment-là que choi-sissent les blouses blanches pour se saisir de moi, m'entraîner au loin et me boucler ensuite à double tour dans ma cellule ; ces gens-là l'ignorent, bien sûr : mais de la mer demain dès l'aube viendra le Capitaine qui avec la mémoire me rendra la liberté.

Une goutte de pouilly-fuissé
dans l'océan Pacifique

C'est cette histoire un peu bizarre que raconte
Richard dans un bouquin paru en 81 où, pour
finir, il laisse l'océan Pacifique juste en dessous
d'un papier de bonbon, sur le quai d'une gare,
qui me tourmentait tellement depuis des mois
et que je m'étais promis de reprendre à mon
compte un jour, avec ma propre façon de faire
bien sûr, parce que l'ambiance qui s'en dégage
me concerne, étant précisément la mienne, et
donc je me poste dès avant l'aube à ma table de
travail et me voilà, plume en main, à l'affût
d'une certaine atmosphère. Je crois que cette
histoire d'une quinzaine de lignes seulement,
c'est celle que je préfère de tout le livre ; peut-
être même est-ce celle que je préfère de tout ce
qu'a pu écrire Richard jusqu'à présent, romans,
poèmes ou nouvelles, mais cela je ne serai pas
assez fou pour oser l'affirmer.

Et puis les heures défilent, dans les buissons de berbéris alentour la maison déjà j'entends siffler le merle, le silence de la nuit d'une seconde l'autre s'effrite, bientôt le jour se lève et moi je piétine et tournicote sans parvenir à attraper seulement le premier mot de mon récit. J'ai beau lire et relire le passage fameux où Richard dit comment le Pacifique s'engouffre en lui-même, s'entre-dévore, se rétrécit jusqu'à devenir unique goutte d'eau pesant des milliards de tonnes, tout a disparu de l'alchimie des mots et je reste à mille lieues de ce climat particulier auquel j'étais pourtant bien préparé et qui d'ordinaire m'est si familier. Je me dis que je passe pire moment que si je planchais sur une épreuve de physique nucléaire ou si j'étais en train de repeindre l'Empire State Building avec un pinceau d'aquarelliste et vraiment c'est ce genre de situation sans issue qui vous fait soudain prendre conscience combien écrire est un échec.

Au départ, mon but n'était pas de transcrire tel un scribe les aventures de Richard et me retrouver, comme lui, sur un quai de gare à attendre un train avec déjà d'inquiétantes rumeurs d'océan en tête, je n'allais pas épuiser mon temps à faire de la décalcomanie, comprenez-moi; non, mon souci était plutôt de refaire exactement la même chose, mais en opérant

cependant un léger décalage par rapport à l'histoire initiale, une sorte de rupture qui, à mon
sens, eût fait basculer la trame du récit dans ma
besace tout en conservant une atmosphère commune aux deux textes. En somme je voulais
mettre mes pas dans ceux de Richard, parce que
nous marchions finalement avec de semblables
bottines dans cette affaire et qu'ainsi nous nous
serions retrouvés un peu frères par-delà l'océan
Pacifique, au moins l'instant de quelques lignes,
n'est-ce pas ? Et cette idée me plaisait.

Mais, bon sang ! impossible de dénicher le
mot qui, d'un tour de clef, m'eût ouvert une
phrase et de la sorte décoincé les méninges pour
m'élancer ensuite sur les traces de Richard et de
sa drôle d'histoire ! Le temps stagnait à étrangler
des anges ; insensiblement, s'était installée en
moi une angoisse qui maintenant me tourne-
boulait tous les sens. Je sentais comme une puis-
sante odeur de marée prendre possession des
lieux, de la fenêtre ouverte d'énormes lames de
fond venaient, furieuses, s'abattre en rouleaux
d'écume sur ma feuille blanche et, au beau
milieu de cet invraisemblable déluge, je voyais
filer à vive allure des trains ivres au travers de
gares barbelées où hurlaient des colonies de
femmes en furie ! Quand soudain, les milliards
et les milliards de tonnes de l'océan Pacifique,

amassées en une unique goutte d'eau, surgissent d'en dessous un papier de bonbon et, menaçantes, s'apprêtent à m'engloutir ! C'est alors que le facteur est arrivé, parce que c'était l'heure du courrier et, je le dis comme ça, c'était pas trop tôt.

J'ai débouché une bouteille de pouilly-fuissé ; sans chercher à comprendre, il a bien voulu trinquer au Pacifique, à un certain Richard, à mon fiasco aussi. Puis il est remonté sur son vélo et il est parti.

Vous avez franchi la ligne rouge,
retournez à la case départ

Ça n'a pas du tout débuté comme ça. Ça ne commence jamais comme ça. Ce serait trop commun, trop tragique aussi. Ces régiments qui se mettent à passer, avec un colonel par-devant sur son cheval. Et qu'on suit. Dans les rues du linge sale pend aux fenêtres et par-dessus le ciel est jaune. Ensuite des soldats ouvrent le feu sur la foule et des photographes déclarent avoir vu des camions militaires emporter les victimes ainsi que des blessés gisant dans des mares de sang. Comme je l'ai lu, tel quel, dans le journal d'aujourd'hui. Cela se passe en ce moment même à Bangkok, mais ni là-bas, ni nulle part ailleurs, que ce soit à Berlin ou à San Francisco, cela n'a pu réellement commencer comme ça.

Peut-on imaginer que, tout au début, on se perde en forêt et qu'on ne trouve pour seul refuge qu'une cahute de glaise et de rondins sur le seuil de laquelle vous attend un homme; debout sur ses deux pattes, une hache à la main? Comment concevoir que des parents, par dépit, clouent sur la porte des granges les jeunes enfants non souhaités qui, petit à petit, leur sont devenus indésirables? Comment une seule seconde envisager que tout ait pu commencer par semblables sauvageries! Un vieillard vêtu de singuliers oripeaux, un corbeau mort sur l'épaule, aurait jeté l'anathème sur une poignée de miteux et tous se seraient enfuis à pleines charrettes jusqu'au bout des terres, là où commence la mer; ainsi aurait débuté toute cette histoire? Vous voulez rire!

Non, au début, toute la sainte journée on devait pêcher à la mouche dans les torrents du côté de Mill Creek, avec Richard, un nègre, et peut-être même Koltès qui s'emmerdait ferme, lui, à ce genre de sport; tellement que Richard, le nègre et moi nous en prenions des fous rires à secouer toutes les montagnes du Montana! Au début on pouvait voir des filles, si longues et si attachantes qu'elles ressemblaient à des chenilles, consoler sous les cocotiers des amiraux de carnaval vierges de toute bataille et seulement avides d'entendre encore une fois « La baleine aux yeux verts » de Christian Bobin. Au tout début il y avait, comme ça, tous ceux que j'aime et tout ce que j'aime et vingt ans était bien pour les anges le plus bel âge de la vie, contrairement à ce que d'autres ont prétendu par la suite, pour les besoins de la littérature. Voilà comment c'était au vrai début de tout.

Comment tout a basculé ensuite dans la caboche de la bestiole et que s'est-il réellement passé à l'intérieur de cette très subtile mécanique? Combien de siècles de lourd apprentissage de la bêtise et de la lâcheté a-t-il fallu accumuler pour en arriver là aujourd'hui, dans ce bar de la place Monge où je suis maintenant (à minuit presque), et où trois palefreniers ivres empoignent un Arabe pour le massacrer sous prétexte qu'il n'aurait pas réglé au juste prix son café? Cela, quel cerveau assez bien fait pourra jamais me l'expliquer?... Bientôt sonnent les douze coups de la curée; toute l'humanité buveuse s'y rue, et voilà pour de bon les habits des trois héros déjà tout éclaboussés de sang...

En sortant écœuré du bistrot, je me suis machinalement baissé pour ramasser dans le caniveau deux cailloux. Accroupi tel un singe dans la nuit au milieu des ferrailles en stationnement, je les ai frottés consciencieusement l'un contre l'autre, histoire de vérifier pour l'avenir si comme ça on pouvait vraiment faire du feu.

Maman

Maman, obstinée comme le sont souvent les vieilles dames, a toujours refusé de sauter par la fenêtre ainsi que nous le lui conseillions, mon frère et moi, avec insistance et depuis de nombreuses années. Tous deux avions là-dessus notre idée. Ce n'est pourtant pas faute de nous être faits pressants ni de l'avoir assez tarabustée, chacun pour soi ou de concert lors de nos visites dominicales, mais : « Cessez de me brûler les oreilles avec vos sornettes, disait-elle, j'ai passé l'âge de ces gamineries ! » Butée.

Nous en étions venus à penser que rien, pas plus sermons que suppliques, ne pourrait jamais faire évoluer sa vue étroite des choses et la décider enfin à franchir le pas, une bonne fois pour toutes. La désinvolture de cette femme devant la vie nous réduisait au désespoir ; surtout mon frère qui, armé d'ordinaire d'une force de conviction peu commune, avait longtemps escompté que patience et opiniâtreté viendraient finalement à bout des résistances de notre turbulente octogénaire.

Nous étions à deux doigts de renoncer et, de guerre lasse, ne plus remettre cette affaire sur le tapis lorsque hier, fête de l'Ascension et comme nous nous trouvions tous trois réunis autour d'une tasse de thé et d'une assiette de gaufrettes, nous la vîmes se lever, tirer tranquillement un tabouret près de la fenêtre ouverte, ôter ses souliers puis, ayant enjambé le rebord, se jeter dans le vide sans mot dire.

Bien sûr, contrairement aux supputations échevelées de mon aîné, notre mère ne s'envola point du tout à tire-d'aile à travers le bleu du ciel mais alla plus platement s'écraser, vingt mètres plus bas, aux pieds de passants pressés que ce genre de spectacle, la plupart du temps, indiffère.

Ainsi une fois de plus avais-je vu juste et donc gagné mon pari. Mon frère, un peu dépité, avait perdu le sien et me remit sur-le-champ la chevalière gravée aux initiales de papa dont il avait hérité à la mort de celui-ci et que je convoitais depuis, parce qu'on aime toujours, c'est vrai, conserver par-devers soi un souvenir tangible des disparus qui nous furent chers.

Faire frire des poissons
ou peigner la girafe

Tout le monde sait que Marina Tsvetaïeva exténuait son entourage et ses amis et qu'elle était pratiquement impossible à vivre. Quand un dimanche d'été elle met des poissons à frire et puis sans plus s'en occuper se pend, peut-être bien qu'à Elabouga, où elle venait à peine de débarquer, des voisins déjà incommodés par sa friture et ses manières se sont dit « Bon débarras ! » et qu'ils ont poussé un ouf de soulagement ; parce que devoir simplement exister dans la proximité d'un poète ce n'est parfois pas très évident, non. Pourtant aujourd'hui, plus de cinquante ans passés depuis le coup des poissons frits et de la corde, Marina est fêtée à Moscou. Dans la célèbre salle des Colonnes, à la tribune, un type important lit la lettre envoyée par le président du Conseil Suprême de Russie qui rend hommage à Tsvetaïeva et derrière le type qui lit il y a le portrait, géant, de Marina, à la place de celui de Lénine qui compte pour du beurre maintenant. Au musée Pouchkine une exposition lui est consacrée où on peut même voir une liste de commissions écrite de sa main et, croyez-moi, plus personne ne se souvient, ni ne se souviendra jamais, des voisins incommodés par la friture, ni des héros d'Elabouga morts pour la patrie, non plus de qui dirigeait la Tatarie il y a cinquante ans, mais de Marina et de son caractère de sale garce, oui, tout le monde s'en souvient et on lira longtemps encore son fameux « Poème de la montagne » à Moscou, Paris ou Carpentras.

C'est cette histoire un peu dingue et pourtant bien banale que je m'escrime à expliquer à ma femme, pour la faire patienter, en attendant que mon tempérament un tantinet extravagant s'assouplisse peut-être, ou alors qu'on organise des lectures publiques de mes poèmes à la Bibliothèque Municipale de Romorantin. Je voudrais qu'elle comprenne qu'on n'est pas toujours Marina Tsvetaïeva du premier coup, et que parfois il faut toute une vie d'abnégation et de trapèze volant pour seulement écrire une œuvre mineure, voire l'unique poème vraiment valable. Alors je lui demande de bien vouloir coopérer encore un peu, d'oublier les mauvais moments et de garder foi en l'avenir. Mais elle me dit : « À ce que je crois savoir, être poète ce n'est pas casser toute la vaisselle d'un revers de manche, ni ne plus pouvoir mettre un pied devant l'autre au sortir du bistrot ! »... Sans doute pense-t-elle que d'ici quelques années on ne conservera de moi que le souvenir d'un sourire crispé, d'une paresse mal dissimulée et, finalement, d'une vie riche en déceptions de toutes sortes. Quand je veux me tourner vers les amis pour leur demander, en toute humilité, si par hasard je ne les exténuerais pas un peu, eux aussi, alors elle me dit que, grâce à moi, depuis longtemps nous n'avons quasiment plus d'amis et que les derniers fidèles sont bien trop méfiants pour risquer une réponse sincère à semblable question !

Pour sûr, parfois je le sens, il me faudrait changer des choses dans ma vie de couple et aussi dans mes relations extérieures. Peut-être même devrais-je chercher un petit boulot, dans le genre plongeur dans un snack, plutôt que laisser derrière moi le souvenir de quelqu'un qui n'a rien su faire d'autre que peigner la girafe. Mais que deviendrait alors cette diable de poésie ainsi diluée dans de l'eau de vaisselle !... Oh là là, non ! non ! je préfère ne pas y penser ! Un jour, Marina Tsvetaïeva (qu'on honore présentement à Moscou mais dont on n'a jamais retrouvé l'emplacement exact de la tombe à Elabouga) confia à son amie Lydia Tchoukovskaïa : « Tu vois, enseigner aux enfants je ne peux pas, je ne sais pas le faire. Ni travailler dans un kolkhose. Je ne sais rien faire. Tu ne peux pas imaginer à quel point je suis incapable » ; elle avait précisément mon âge à ce moment-là et cela ne la retenait guère d'être imbuvable, démesurée et, d'une certaine façon, assez dangereuse à fréquenter !

Parfois je m'interroge : si je me connaissais vraiment moi-même, est-ce que j'aurais le courage de vivre encore longtemps à mes côtés, ou est-ce que je n'entreprendrais pas plutôt de faire frire des poissons ?... Et puis, tout compte fait, je pense à Marina Tsvetaïeva, je tourne le dos à toutes ces questions inutiles et je me remets à peigner la girafe.

Une histoire qui finit bien

— « J'ai vu de la lumière, alors je suis entré »...
Depuis ce jour en moi rôde un inconnu, sans
chien ni bagage, et que je soupçonne fort d'être
capable de tuer un homme endormi. Avec son
regard égaré, sa mise malpropre et ses manières
d'être sans cesse à l'affût de quelque crime à
commettre, j'ai vite compris que c'était là le
genre d'individu sans scrupule qui peut vous
ouvrir le ventre pour un rien, arracher un œil au
chat ou dévorer vivants des écureuils. Pour me
prémunir contre d'éventuels débordements de
sa part (dont j'aurais ensuite à assumer seul la
responsabilité, bien sûr !), je n'ai d'autres argu-
ments que tenir en éveil toute la maison, n'ac-
corder le moindre répit à l'inquiétude dans
laquelle je m'efforce de maintenir bêtes et gens,
combattre autour de moi toute somnolence pro-
pice à ce que le monstre arme mon bras et m'en-

traîne à l'irréparable. Certes, cela ne va pas sans
que mes proches ne manifestent une certaine
aigreur à mon endroit et jugent mon comportement odieux et déplacé. Mais comment leur
avouer ma hantise de voir celui qui maintenant
et bien malgré moi m'habite, un beau matin
m'échapper?...

Il pouvait être minuit lorsque avant-hier je me
suis surpris, dans la pénombre de la cave, pelle et
pioche en main, creusant avec une ardeur toute
machinale un trou sans fond pour y dissimuler
quel cadavre à venir? Il m'a fallu faire un effort
pesant pour me ressaisir et, raison retrouvée,
j'éclatai en sanglots en rebouchant à la diable
l'ignoble fosse, m'interrogeant avec effroi pour
tenter de deviner qui de la famille avait failli finir
ici. Regagnant la chambre, comme un goût âcre
de sang dans la gorge me laissait au petit matin
dans une terreur inachevée. Semblable panique
s'empara de moi lorsque notre fils aîné blessé
par la pointe d'un couteau on retrouva ma chemise éclaboussée. Et par quels mots dire le senti-
ment de trouble mêlé de craintes qui m'envahit
à la nouvelle que quelqu'un, deux jours à peine
de cela, aurait à main nue étranglé le chien-loup
de nos calamiteux voisins; bête dont la férocité
et les instincts de fauve enchaîné font pourtant
planer une sorte d'épouvante sur tout le quar-

tier. Il n'est de malfaisances ou crapuleries inex-
pliquées — et Dieu sait s'il s'en trouve ces
temps-ci! — que je ne suspecte l'autre, en moi,
d'avoir commises et peu à peu suis-je ainsi
devenu mon juge le plus sévère et mon propre
geôlier.

Bien des fois j'ai tenté de me débarrasser du
fourbe et oublier son encombrante présence,
usant pour cela de maints stratagèmes et mobili-
sant toute mon énergie à des activités aussi
diverses que multiples; extravagantes parfois,
accaparantes toujours. Espoir me restait que
m'éreintant ainsi à des besognes quasi au-dessus
de mes forces (lesquelles me laissaient flapi et
l'esprit vide), je finirais par fatiguer de même
l'intrus et le dégoûter à jamais de poursuivre les
perfides manœuvres dont je m'estimais être la
première victime. Hélas! ces efforts insensés
n'eurent pour seul effet qu'annihiler un peu
plus ma propre conscience, exaspérant de la
sorte la dépendance dans laquelle me tenait ce
monstre pervers et retors. De jour en jour je
devenais de moins en moins maître de moi,
m'animaient de plus en plus souvent de scanda-
leuses pulsions qui plongeaient mon entourage
dans la plus profonde perplexité et l'horreur,
cependant que le moindre mot perçu de travers
m'irritait au-delà de l'imaginable et me jetait

dans des furies animales. Je n'étais plus que menace ; irascible et venimeux, pour un oui ou pour un non j'aurais tué. De l'un ou de l'autre, quelqu'un en moi maintenant était de trop.

Aujourd'hui je bénis mille fois, Seigneur !, cette aube du 4 avril où me furent enfin rendues paix et sérénité ! Matin de délivrance où femme et enfants me trouvèrent nu, froid et violacé sur le tapis de la chambre à coucher, cependant que docteur et commissaire prestement convoqués s'accordaient sans embarras aucun sur l'évidence du moment : à savoir que je m'étais tout bêtement, en dormant, étranglé.

— « Seigneur ! j'ai vu de près la nuit, alors j'ai poussé la porte et je suis entré. »

DU MÊME AUTEUR

Aux Éditions Gallimard

UNE HISTOIRE :
    I.   JE NE SUIS PAS UN HÉROS, récits, L'Arpenteur, 1993
         Folio (nº 3798), 2003
    II.   TOUTE UNE VIE BIEN RATÉE, récits, L'Arpenteur, 1997
         Folio (nº 3195), 1999
    III. L'ÉTERNITÉ EST INUTILE, récits, L'Arpenteur, 2002

Chez d'autres éditeurs

JOURS ANCIENS, 1980, réédition augmentée 1986
    L'Arbre Éditeur (02370 Aizy-Jouy)
HISTOIRES SECRÈTES, 1982
    L.-O. Four (épuisé)
    Réédition La Dragonne, 2000
L'ANGE AU GILET ROUGE, nouvelles, 1990
    Syros (épuisé)
LES RADIS BLEUS, Journal, 1991
    Le Dé Bleu Éditeur (85310 Chaillé-sous-les-Ormeaux)
CHRONIQUES DES FAITS, 1992
    L'Arbre Éditeur (02370 Aizy-Jouy)
IMPRESSIONS DE LOZÈRE : LA MARGERIDE, 1992
    Les Presses du Languedoc (ouvrage collectif)
LÉGENDE DE ZAKHOR, 1996
    L'Arbre à Paroles, Bruxelles (épuisé)
    Réédition Éditions En Forêt/Verlag Im Wald
    (D — 93485 Rimbach), 2002
13, QUAI DE LA PÉCHERESSE, 69000 Lyon, 1999
    Éditions du Ricochet (roman collectif)

COLLECTION FOLIO

Composition CMB Graphic
Impression Novoprint
à Barcelone, le 20 décembre 2002
Dépôt légal : décembre 2002

ISBN 2-07-042689-0./Imprimé en Espagne.